AO VIRES ISTO

AO VIRES ISTO

Gertrude Stein, tradução & intermidialidade

Daniella Aguiar, Luci Collin, João Queiroz (orgs.)

KOTTER EDITORIAL

Ateliê Editorial

coordenação editorial Sálvio Nienkötter e Bárbara Tanaka
editores-assistentes Raul K. Souza e Valsui Júnior
editoração Bárbara Tanaka
capa Mariana Salimena
produção Cristiane Nienkötter

Dados Internacionais de Catalogação na Publicação (CIP)
Andreia de Almeida CRB-8/7889

Ao vires isto : Gertrude Stein, tradução & intermidialidade / organização de Daniella Aguiar, Luci Collin, João Queiroz. – Curitiba : Kotter Editorial. Cotia : Ateliê Editorial. 2018.
216 p.

ISBN 978-85-68462-60-7 (Kotter)
ISBN 978-85-7480-811-6 (Ateliê)

1. Stein, Gertrude, 1874-1946 - Crítica e interpretação
I. Aguiar, Daniella II. Collin, Luci III. Queiroz, João

CDD 818.52

Texto adequado às novas regras do acordo ortográfico de 1990, em vigor no Brasil desde 2009.

Kotter Editorial
Rua das Cerejeiras, 194
82700-510 | Curitiba/PR
+ 55 41 3585-5161
www.kotter.com.br | contato@kotter.com.br

Ateliê Editorial
Estrada da Aldeia de Carapicuíba, 897
06709-300 | Cotia/SP
+55 11 4612-9666 | 4702-5915
www.atelie.com.br | contato@atelie.com.br

Feito o depósito legal
1ª edição
2018

SUMÁRIO

When this you see
remember me.

Ao vires isto
lembra que existo.[1]

1 De autoria desconhecida, essa frase aparece pela primeira vez em 1596 na antologia *Love Poesies*. Foi trazida para a cena modernista por Gertrude Stein, que a usou em vários de seus escritos, como na ópera *Four Saints in three Acts* (1928). Tradução de Luci Collin.

Gertrude Stein, tradução e intermidialidade

João Queiroz, Luci Collin & Daniella Aguiar

De todos os modernistas radicais, Gertrude Stein permanece sendo a personagem mais indigesta, a menos assimilada.
— Augusto de Campos

A obra de Gertrude Stein (EUA, 1874 – França, 1946) é um dos mais radicais exemplos do experimentalismo literário modernista do início do século XX. A autora norte-americana produziu em diversos gêneros literários — como ficcionista e ensaísta, como dramaturga e como poeta. Desrespeitando as marcações aristotélicas, o tratamento e as preocupações tradicionais ligadas às noções de mímesis e de "realidade" e quebrando as continuidades esquemáticas (crise-clímax, começo-meio-fim, desenvolvimento de personagens-intriga-catarse), Stein desestabiliza o leitor, a noção de literatura, e desenvolve uma obra em que os elementos convencionais da escrita descritiva são substituídos por experimentações cubistas, pela fragmentação do discurso, pela quebra da linearidade e pela repetição ou "insistência" (na terminologia da própria Stein). Com tantos investimentos em favor de novas perspectivas, é quase natural que a crítica tenha demorado tantas décadas para dimensionar sua radicalidade.

As experimentações literárias de Stein exigem um leitor especial, atento a sutis variações (sintáticas, fônicas, rítmicas) criadas pela manipulação de um acervo mínimo de grupos lexicais ordinários (por exemplo, moduladores adverbiais, cláusulas transitivas), e liberto dos efeitos criados pela redundância, aparente ou não. Ícone do pensamento-verbal em operação, sua escrita mais radical (sobretudo aquela anterior a 1933) pode parecer mera repetição ao leitor desatento ou ainda, nonsense e abstração, a um leitor habituado a referências objetuais e literárias. Embora já tenha alguns dos seus livros traduzidos para o português brasileiro[2], Stein continua pouco conhecida e pouco investigada no Brasil[3]. Para Augusto de Campos, sua "intransigência" (Campos, 2006: 222) dificultou sua difusão entre nós.

A produção de Stein, ao longo de seu desenvolvimento, apresenta características bastante distintas, sempre altamente inventivas. O livro de contos *Three Lives* (1909), por exemplo, e *The Making of Americans* (1925) baseiam-se no uso sistemático da "insistência", para criar "um notável e novo tipo de realismo", conforme o comentário preciso de William James[4] (Perloff, 1988: 99). O uso de "tipos", ou de um "padrão discursivo", que aparece nos retratos literários, tem seu ponto culminante em *Tender Buttons* (1913) e prossegue especialmente nas óperas

---

2 O marco inicial da presença de Stein no Brasil é a tradução da palestra "Poesia e Gramática", feita por Mário Faustino em 1957; também Augusto de Campos traduz fragmentos da obra de Stein em 1959 (posteriormente, publica novas traduções em *O Anticrítico*, de 1986, em *Porta-retratos: Gertrude Stein*, de 1989 e em *Poesia da Recusa*, de 2006). Na década seguinte, é publicado o *Three Lives* (1965), em tradução de Brenno Silveira e José Paulo Paes, republicado 1983 (esse livro reaparece em 2008 em tradução de Vanessa Bárbara com apêndice de Caetano Veloso). Também em 1983, temos o *Everybody's Autobiography*, em tradução de Júlio Castañon Guimarães e José Cerqueira Cotrim Filho (relançado em 2010). Em 1984 é traduzido por Milton Persson o *Autobiografia de Alice B. Toklas*, relançado em 2009 em tradução de José Rubens Siqueira. A peça *Doutor Faustus liga a luz* é traduzida por Fábio Fonseca de Melo e publicada em 1998. Em 2007, em tradução de Sônia Coutinho, temos a publicação de *Paris França*. Sob o título de *O que você está olhando*, foram publicadas 18 peças do teatro de Stein, em 2014, com tradução de Dirce Waltrick do Amarante e Luci Collin. Em 2016 o retrato literário Picasso é publicado em tradução de Priscila Catão. Um dos livros infantis de Stein, *Para fazer: um livro de alfabetos e aniversários*, foi publicado em 2017 com tradução de Dirce Waltrick do Amarante e Luci Collin. Além das publicações em livro, muitas traduções estão disponíveis online, em revistas literárias e sites especializados. Traduções intersemióticas de Queiroz & Aguiar, no domínio da dança contemporânea, de diversas obras de Stein, incluem os espetáculos "e", e "CINCO", ambos com música original de Edson Zampronha.

3 Vale lembrar as contribuições para o estudo da obra de Gertrude Stein dadas por Sônia Régis Barreto, Flora Sussekind, Inês Cardoso Martins Moreira e Luis Dolhnikoff.

4 William James (EUA 1842 – 1910), um dos fundadores, com C.S. Peirce e John Dewey, do Pragmatismo, foi professor de Gertrude Stein quando esta, de 1893 a 1897 cursou Medicina no Radcliffe College (um anexo de Harvard, só para alunas).

e peças teatrais posteriores. Em *Three Lives*, livro dividido em partes, cada uma narrando a vida de uma mulher serviçal, Stein já apresenta a marca de seu contundente experimentalismo. Para a própria Stein (2006 [1933]: 58), um dos três contos do livro, "Melanctha", "[...] seria o primeiro passo definitivo para encerrar a literatura do século XIX e iniciar a do século XX". De acordo com Sutherland (1971: 40), o impacto do livro está relacionado à destruição da "retórica extenuada do final do século XIX. [...] *Three Lives*, mais radical do que qualquer outro trabalho escrito em inglês de seu tempo, trouxe a linguagem à vida".

Sob influência de William James (Levinson, 1941; Ruddick, 1982-83), Stein estava interessada, desde suas primeiras experimentações, na "vida interna" dos personagens, especialmente a partir de "Melanctha" que "[...] revela as alterações da consciência de um personagem simples por meios únicos na literatura moderna" (Weinstein, 1970: 18). Em outras obras, como *The Making of Americans*, e nos primeiros retratos literários, observa-se o fluxo da consciência da própria escritora, um ícone móvel de seu pensamento. Para Hoffman (1965: 213), "Gertrude Stein queria [...] tentar a tarefa aparentemente impossível de capturar o fluxo inarticulado de sua própria consciência". Ela iconiza este efeito com um acervo mínimo de materiais, em termos lexicais e estruturas sintáticas. Em razão desta estratégia, ou do efeito produzido por ela, a escritora é "acusada" de criar intermináveis repetições.

Em 1933, Gertrude Stein escreve o livro *The Autobiography of Alice B. Toklas* que, tornando-se um estrondoso sucesso de vendas, projetou e popularizou seu nome na Europa e nos EUA. A partir daí, a escritora iniciou uma série de viagens pelos EUA como palestrante e pode, pela primeira vez, expor sua produção literária a grandes plateias. Os escritos de Stein tornam-se, então, mais acessíveis. Desta época destacam-se *Lectures in America* (1935), *Everybody's Autobiography* (1937) e *Paris France* (1940).

Os problemas para abordar Stein parecem, ainda hoje, metodológicos. Ela parece ser, como Wilson (1931: 170) sugeriu há algumas décadas, "absolutamente ininteligível mesmo para o mais simpático leitor". Se seus escritos não se adequaram facilmente ao aparato da crítica de seu tempo, isso parece não ter avançado muito significativamente. As razões parecem bem conhecidas: ao subverter de forma muito radical premissas fundamentais da tradição literária, manipular surpreendentemente os gêneros e romper com princípios e normas gramaticais, Gertrude Stein criou um idioma experimental sem precedentes.

Este é um livro sobre sua escrita, as influências que, direta e indiretamente, exerceu sobre artistas e escritores no século XX e XXI, e sobre sua tradução, interlinguística e intersemiótica. Ezra Pound (*Literary Essays*) reservou à prática de tradução interlinguística um lugar de destaque: "Uma grande época literária é talvez sempre uma grande época de traduções". Haroldo de Campos (1992: 46), em um influente ensaio, afirma: "Se a tradução é uma forma privilegiada de leitura crítica, será através dela que se poderão conduzir outros poetas, amadores e estudantes de literatura à penetração no âmago do texto artístico, nos seus mecanismos e engrenagens mais íntimos". Há, neste livro, além de diversos ensaios sobre a tradução interlinguística de Stein, um tratamento sistemático sobre sua tradução intersemiótica. Que papel este fenômeno pode ter entre as diversas formas de leitura e de crítica, trata-se ainda de uma questão em aberto.

Parece-nos "natural" incluir o domínio das traduções intersemióticas, ao defender a ideia de tradução como crítica. É bem sabido que muitos "inventores" se dedicaram à tradução ou adaptação de métodos de um sistema de linguagem, programa estético ou fenômeno artístico particular, à investigação de outro. Gertrude Stein (e, entre nós, Oswald de Andrade de *Serafim Ponte Grande*, por exemplo) adaptou à prosa os métodos de Paul Cézanne e do cubismo analítico de Pablo Picasso (Steiner, 1978; Abreu, 2008); Wassily Kandinsky adaptou à pintura os métodos de Arnold Schöenberg (Kim, 2010); Paul Klee adaptou à pintura a polifonia musical (Vergo, 2010: 205); Merce Cunninghan adaptou à dança métodos da música indeterminada de John Cage; Morton Feldman adaptou à música os métodos do expressionismo abstrato (Feldman, 2011; Sansom, 2001); Augusto de Campos adaptou à poesia (série *Poetamenos*) o serialismo de Anton Webern (*Klangfarbenmelodie*) (Clüver, 1981). A relação entre diversos fenômenos de linguagem, ou sistemas semióticos, é um tema inescapável, quando tratamos de Gertrude Stein, tal a influência que ela teve, e tem, entre artistas de diversos domínios.

O primeiro capítulo deste livro é de Marjorie Perloff. Ela aborda um tema ainda obscuro e pouco investigado — a relação entre as obras de Stein e de Duchamp. Se é notável, bastante conhecida e explorada, a influência do cubismo visual, especialmente Cézanne e Picasso, sobre Stein, a situação inversa tem sido negligenciada. Qual a influência de Stein sobre as artes visuais de seus contemporâneos? Duchamp é uma figura central — "De fato, a poética de Stein está certamente muito mais próxima da de Duchamp do que da estética de Picasso, vigorosa, masculina e ainda essencialmente de pintor." Perloff está particularmente interessada no papel que os *ready-mades* tem nas experiências de Stein, similares aos "objetos" de Duchamp, em sua rejeição a mimesis (também tema do ensaio de Isabelle Alfandary). Tal rejeição, para Perloff, supera as distorções e deslocamentos cubistas, que ainda exibem entidades reconhecíveis. Obras como "A Substance in a Cushion" e "A Box", de *Tender Buttons*, são relacionados à *Caixa Verde* e, posteriormente, às *boîtes en valise*, de Duchamp, em seu abandono da arte "retiniana". A ideia aqui é que os dois artistas se influenciaram, mutuamente, de modos surpreendentes.

Para Isabelle Alfandary, em "Gertrude Stein: O problema com a mímesis", Stein enfrenta diretamente o problema aristotélico da mímesis. O ataque steiniano à mímesis não é marginal e envolve sua própria concepção e prática criativas. Stein enfrenta categorizações e rubricas historicamente estabelecidas. A narrativa torna-se a narrativa da percepção do leitor. A história é a história da percepção do leitor em atividade, "uma narrativa de nossas próprias percepções da linguagem em desdobramento". Ao desafiar a referencialidade, Stein enfrenta princípios fundamentais da *Poética* de Aristóteles, que regulam a história da literatura no Ocidente. Ela redefine premissas ligadas a poética aristotélica, da mímesis como "uma reprodução exata tanto de uma realidade exterior quanto de uma realidade interior". Sua "destruição da emoção associativa na poesia e na prosa", combinada ao ato de evitar os eventos como "causa da emoção", constitui, para Alfandary, um "ataque radical" a poética aristotélica e à tradição diegética (prosa) e poética (dicção) ocidental. Stein também desafia as noções de escrita e leitura, e torna difuso os limites entre as categorias da ficção e da dicção, ao deslocar a ênfase para a dicção, e colocar em dúvida a dicotomia entre as duas formas, tratadas como mutuamente excludentes. Alfandary chama a técnica de Stein de "prosa poética de ficção/dicção steiniana, em que a dicção se mistura à ficção e a linguagem reflete seu próprio agenciamento a respeito da ficção".

Em "Uma rosa re-encarnada — Stein *traduzindo* Shakespeare", Luci Collin discute como, ao longo de sua obra, Gertrude Stein absorve e traduz a influência recebida de Shakespeare, tanto do sonetista quanto do dramaturgo. A proximidade entre ambos, e a maneira como Stein se considerava uma das mais representativas herdeiras do Bardo inglês, é retraçada desde a infância de Stein. O capítulo trata do impacto que Shakespeare teve como parâmetro formativo em sua educação e, mais tarde, como encontramos na obra da escritora — em temas e técnicas que ela elaborou, como o "presente contínuo", e o tratamento do tempo — a reverberação de Shakespeare. Também se discute como a problemática levantada por Shakespeare envolvendo "parecença, presentificação e identidade", a partir da nomeação da rosa na peça *Romeo and Juliet*, é recuperada e reelaborada por Stein que explora sua rosa na cena modernista, sobretudo no poema "Sacred Emily". Por fim, é investigada a relação de influência que a peça *As you like*, de Shakespeare, mantém com a coleção de 200 "sonetos" composta por Stein, intitulada *Stanzas in Meditation* e que representa um dos experimentos mais extremos de toda a produção steiniana.

O capítulo de Dirce Waltrick do Amarante aborda o que pode ser considerada a dimensão menos conhecida da obra de Stein — literatura infantil e juvenil. Ela, como Joyce, Kharms, Cummings, se dedicou, entre 1938 e 1940, a escrever livros pouco convencionais para crianças. O resultado são duas obras: *The World is Round* e *To Do: A Book of Alphabets and Birthdays*. Elas exploram os recursos típicos de suas experiências, ritmicamente insistentes ou repetitivos, com palavras justapostas, surpreendente uso da sintaxe, mínimo acervo de pontuação (vírgulas e pontos de interrogação), entre outros. Para Amarante, para apreciar Stein "é preciso entender que a leitura carrega muito mais do que isso, ela é feita de música, de ritmos, de brincadeiras humoradas com a linguagem e, principalmente, de percepções do próprio leitor".

Tania Ørum, em "Uma trilha de rosas — Os múltiplos legados de Gertrude Stein à Arte da década de 1960", concentra-se no impacto de Stein em diversos domínios artísticos, a partir dos anos 1960. Obras que teve dificuldade de publicar em vida surgiram por iniciativa de Dick Higgins, proprietário da editora Something Else Press e artista do movimento *Fluxus*, o que atesta a influência de Stein neste movimento. Mas seu impacto foi mais amplo. Movimentos de vanguarda dos anos 1960, escritores, artistas visuais, músicos e compositores, artistas performáticos e cineastas, receberam forte influência de sua obra. Ørum explora em seu capítulo outro aspecto, também ignorado — a influência de Stein sobre a poesia concreta escandinava. Enquanto a tradição de Fahlström, poeta concreto dos anos 1950, era vista como uma continuação do Futurismo e do Dadaísmo, a tradição de Gomringer, à qual a maioria dos poetas concretistas dinamarqueses pertenciam, reinvindicava Mallarmé e Stein como seus precursores. Nielsen salientava que poetas e teóricos construtivistas, como Max Bense e Helmut Heissenbüttel, estavam "profundamente influenciados pelas experiências de Stein". Na década de 1950, Stein começara a ser publicada em alemão e o número de traduções multiplicou-se rapidamente no início dos anos 1960. Em 1953 os poetas austríacos Gehard Rühm e Hans Carl Artmann já conheciam *Last Operas and Plays*. O concretismo alemão também foi influenciado por Stein — o ensaio de Heissenbüttel, "Reduzierte Sprache" [Linguagem reduzida], a primeira análise da obra de Stein em alemão, apareceu em 1955, e, como poeta concretista, Heissenbüttel reconhecia abertamente sua dívida com ela. Sem o conhecimento da obra de Stein, declarou Heissenbüttel, suas próprias experiências poéticas com redução, mistura de palavras, e transformação de metáforas, não teriam sido possíveis. Em 1957, Max Bense, editor da Augenblick, que encorajara Heissenbüttel a escrever sobre Stein, escreveu um ensaio teórico sobre Stein indicando os paralelos entre a sua obra e a do filósofo e matemático Alfred North Whitehead, recorrendo à análise de Heissenbüttel sobre o uso da linguagem de Stein e a cisão entre forma e conteúdo em seus textos.

Desde os anos 2000, Stein tem atraído a atenção de dançarinos e coreógrafos. João Queiroz & Daniella Aguiar, no capítulo "Gertrude Stein para Dança: Repetição e Percepção do Tempo", descrevem e analisam exemplos de tradução intersemiótica de Gertrude Stein para dança, de suas próprias autorias, e de Lars Dahl Pedersen (Dinamarca). Nesse capítulo, eles se concentram em propriedades dos retratos literários de Stein relacionados aos experimentos visuais cubistas e a teoria jamesiana da mente, com foco na repetição e no presente contínuo, e como tais propriedades foram adaptadas para dança cênica, em duas peças — *Always Now Slowly* (2010) e *,e [dez episódios sobre a prosa topovisual de gertrude stein]* (2008).

Em "De Gertrude Stein à música: intersemiose como fundamento para uma criação musical", Edson Zampronha apresenta as relações intersemióticas que constituem sua composição musical *5INCO*, feita originalmente para o espetáculo de dança *5.sobre.o.mesmo*, a partir do retrato "Orta or One Dancing". Ele explora premissas usadas para estruturar o processo de tradução intersemiótica, e em seguida explica como tais ideias foram aplicadas na composição. O capítulo descreve a organização modular da música, os materiais empregados, e a estratégia de elaboração dos segmentos musicais. Ele também aborda, mais detalhadamente, como construiu um dos segmentos, para finalmente explicar como certos aspectos da composição foram projetados na relação da música com a dança, com a iluminação e com a concepção do espaço do teatro. Zampronha conclui seu capítulo destacando o valor que encontra no uso de procedimentos originais para a composição musical, e na expansão do campo especulativo e criativo que a tradução intersemiótica oferece.

Incluímos, entre os capítulos, um texto criativo intitulado "Abraão Abulafia visita o Papa: Fragmento de uma Ópera steiniana", escrito pelo poeta e estudioso Jerome Rothenberg. Esse texto foi escolhido por dois motivos: primeiramente por considerarmos essencial a presença de Rothenberg nesta antologia, uma vez que ele é um dos escritores e pensadores contemporâneos que mais se esforçaram por divulgar a obra de Gertrude Stein e por discutir a importância de Stein como influência marcante na literatura pós-moderna; em segundo lugar porque, nesse texto, ainda que não esteja completo, Rothenberg desenvolve o que pode ser considerado um caso exemplar de teatro pós-dramático steiniano.

Por fim, o ensaio "Gertrude Stein e a melodia de timbres", de Augusto de Campos, é o mais importante precursor, entre nós, dos estudos sobre Gertrude Stein. Publicado em 1959, são apresentados pela primeira vez dois fragmentos de suas peças, traduzidas por Augusto —*Four Saints in Three Acts* (1927) e *Listen to Me* (1938).

O cenário que emerge das abordagens encontradas neste livro sugere que domínios radicais de invenção e descoberta de novos processos semióticos, em muitos ambientes artísticos, deve à obra de Gertrude o que ela melhor representa — a vertente experimental mais originalmente independente da tradição e da história, em seu tempo. Qualquer abordagem de sua obra deve enfrentar seu "lance de dados" quase sem precursores ou precedentes. Seu legado, "indigesto" até hoje, desafia métodos e modelos conhecidos, categorias, classificações, padrões e hábitos de interpretação. "Gertrude é uma Gertrude" (Campos, 1986): "Einstein foi a mente filosófica criativa do século e eu fui a mente literária criativa do século" (Stein, 1933).

REFERÊNCIAS

ABREU, Andreia Manoela Passos de. *Gertrude Stein e o Cubismo Literário*. Dissertação de mestrado. Porto: Universidade Aberta, 2008.

CAMPOS, Augusto de. Gertrude Stein: Sim e Não. In: CAMPOS, Augusto de. *Poesia da Recusa*. São Paulo: Perspectiva, 2006, pp. 215-249.

______. *O Anticrítico*. São Paulo: Companhia das Letras, 1986.

CAMPOS, Haroldo de. *Metalinguagem & outras metas*. 4. ed. São Paulo: Perspectiva, 1992.

CLÜVER, Claus. *Klangfarbenmelodie in Polychromatic Poems:* A. von Webern and A. de Campos. Comparative Literature Studies, 18, 3, 1981, pp. 386-398.

HOFFMAN, Michael J. *The development of abstractionism in the writings of Gertrude stein.* Philadelphia: University of Pennsylvania Press, 1965.

LEVINSON, Ronald B. *Gertrude Stein, William James, and grammar.* The American Journal of Psychology, v. 54, n. 1, 1941, pp. 124-128.

PERLOFF, Marjorie. Six Stein styles in search of a reader. In: KELLNER, Bruce (Ed.). *A Gertrude Stein companion: content with the example.* New York: Greenwood Press, 1988, pp. 96-108.

RUDDICK, Lisa. *"Melanctha" and the Psychology of William James.* Modern Fiction Studies, v. 28, n. 4, 1982-1983, pp. 545-556.

STEIN, Gertrude. *A autobiografia de Alice B. Toklas.* Tradução de Milton Persson. Porto Alegre: L&PM, 2006 [1933].

STEINER, Wendy. *Exact Resemblance to Exact Resemblance: The Literary Portraiture of Gertrude Stein.* New Haven: Yale University Press, 1978.

VERGO, Peter. *The music of painting: music, modernism and the visual arts from the romantics to John Cage.* New York: Phaidon, 2010.

WEINSTEIN, Norman. *Gertrude Stein and the literature of the modern consciousness.* Frederick Ungar Publishing: New York, 1970.

WILSON, Edmund. *O Castelo de Axel.* São Paulo: Companhias das Letras, 2004 [1931].

Um cessar das semelhanças: Stein / Picasso / Duchamp

Marjorie Perloff

Em 1935, como lembra Gertrude Stein (Stein, 1939)[5], Picasso estava sofrendo do que se poderia chamar de bloqueio criativo de pintor. Vendo-se num impasse na vida pessoal, parou totalmente de pintar por dois anos, dedicando-se a escrever. "Ele começou a escrever poemas", observa Stein, "mas essa linguagem nunca foi a sua linguagem. Afinal de contas, o egoísmo de um pintor não é, de modo nenhum, o egoísmo de um escritor, não há o que dizer sobre isso, simplesmente não é. Não" (Stein, 1939: 67). E em *Everybody's Autobiography* (1937), Stein se recorda de ter dito ao pintor, talvez seu amigo mais próximo:

> Sua poesia.... é mais ofensiva do que uma simples poesia ruim, não sei porque mas simplesmente é, alguém que de fato pode fazer algo muito bem quando faz outra coisa que não essa que não sabe fazer e na qual não pode viver é especialmente repulsivo, ora, eu disse a ele, você nunca leu um livro na vida que não fosse escrito por um amigo e então não, então você nunca teve nenhum sentimento por nenhuma palavra, palavras mais o irritam do que qualquer outra coisa então como pode escrever você sabe disso muito bem... certo continue fazendo isso mas não continue tentando me fazer dizer a você que isso é poesia. (Stein, 1937: 37)

A reação quase visceral de Stein sobre o assunto não foi provocada apenas pela invasão de seu território por parte de Picasso, como

5 A primeira edição de Picasso é de 1938, e foi traduzida por Gertrude Stein e Alice Toklas em 1939. Há uma edição revisada (Burns, 1970), num volume que contém também dois retratos de Picasso escritos por Stein, "Picasso" (1909) e "If I Told Him: A Completed Portrait of Picasso" (1923), assim como entradas sobre Picasso do caderno de notas de Stein e muitas ilustrações.

com frequência se imagina, ou pela insistência surpreendentemente tradicional dela quanto à separação das artes. O motivo mais profundo — e tendemos a esquecer isso quando analisamos a relação dos dois — é que Picasso nunca sequer fingiu ler os escritos de Stein. Para ele, Gertrude era uma maravilhosa patrocinadora e *copain* — ele adorava ir diariamente a seu salão e fofocar com ela —, mas a escrita steiniana, especialmente por ser em inglês — língua que Picasso, afinal de contas, não conseguia ler — dificilmente estava no âmbito de seu discurso. Não é de surpreender que ao se dedicar a escrever "poesia", em meados da década de 1930, seus modelos fossem os então proeminentes surrealistas franceses, começando com seu grande amigo André Breton. A seguir, como exemplo, lê-se a abertura de um típico poema em prosa de Picasso, de 1935, traduzido do espanhol por Jerome Rothenberg:

> Quero dizer um prato uma xícara um ninho uma faca uma árvore uma frigideira um derramamento sujo ao passear sobre a borda aguda de uma cornija espatifando-se em mil pedaços gritando como louca e deitando para dormir nua em pelo pernas escancaradas sobre o odor de uma faca que acabava de decapitar a espuma do vinho e nada sangra disso exceto lábios como borboletas e não pede a você nenhuma esmola por uma visita aos touros com uma cigarra como uma pluma ao vento. (Picasso, 2004: 66)[6]

Este é um típico trecho surrealista em sua misteriosa justaposição de imagens aparentemente dissociadas — "uma árvore uma frigideira", "uma cornija... gritando como louca" —, sua ênfase na violência — "nua em pelo pernas escancaradas sobre o odor de uma faca" — e a combinação de metáfora elaborada e sintaxe simples. Stein é defensora apaixonada do cubismo inicial de Pablo Picasso (e, como se observa com frequência[7], o cubismo é uma técnica que a própria Stein adaptou em textos como *Tender Buttons*, de 1914); assim, o estilo poético surrealista de Picasso é antitético ao da própria Stein, com seu característico evitar de substantivos concretos, sua ambiguidade sintática e a confiança em apoiar-se nos artigos,

---

6 Para uma seleção de poemas de Picasso em francês, ver Picasso (2005). Em sua Introdução, Michaël (2005: 14) manifesta grande entusiasmo pela poesia de Picasso: "Écrire n'est pas pour Picasso une occupation de circonstance, ni un violon d'Ingres mais une activité à laquelle il s'est adonné avec passion".

7 Ver Perloff (1999).

preposições e pronomes indeterminados a fim de produzir um construto poético que ela considerava apropriado ao século XX. "Os surrealistas", observa Stein desdenhosamente em seu debate sobre a pintura de Picasso do início da década de 1930, "ainda veem as coisas como todos as veem, eles as complicam de um modo diferente mas a visão é a de todo mundo, em suma, a complicação é a complicação do século vinte mas a visão é aquela do século dezenove" (Stein, 1939: 65).

Se justa ou injusta, essa crítica ao Surrealismo é feita também por outro contemporâneo de Stein. Ao descrever sua *Caixa de 1913-14* (*La boîte verte*) para Pierre Cabanne, Marcel Duchamp explica que a miscelânea de anotações colocadas dentro da caixa fora planejada como um objeto artístico "não para ser 'olhado' no sentido estético da palavra" — na realidade, para "remover o aspecto retiniano" que dominara a pintura desde Courbet até o presente:

> Antes, a pintura tinha outras funções: podia ser religiosa, filosófica, moral. Embora eu tenha tido a chance de assumir uma atitude anti-retiniana, a atitude contrária infelizmente não mudou muito; todo nosso século é completamente retiniano, à exceção dos surrealistas que tentaram, de algum modo, sair disto. Mesmo assim, não foram muito longe! Embora [André] Breton diga que acredita no julgamento de um ponto de vista Surrealista, no fundo ele ainda está interessado na pintura no sentido retiniano. Isso é absolutamente ridículo. Tem que mudar. (Cabane, 1971: 42-43)

A crítica ao retiniano por parte de Duchamp tem sua contrapartida na escrita de Stein, mas os dois artistas raramente foram associados. Com todos os estudos dedicados à relação de Stein e Picasso (ou, como na exposição *The Stein Collect*[8], sobre a dívida de Stein para com Cézanne, Matisse ou para com o cubismo de Juan Gris), a situação inversa tem sido curiosamente ignorada: a influência, se existe alguma, da composição verbal de Stein sobre as obras de artes visuais de seus contemporâneos. E nisso Duchamp é a figura central, o artista cuja mudança para Nova York em 1915 exigiu seu aprendizado do inglês, assim

8 *The Stein Collect: Matisse, Picasso, and the Parisian Avant-Garde* (Bishop et. al., 2011) foi uma exposição itinerante que passou pelo *San Francisco Museum of Modern Art* (21 de maio a 6 de setembro de 2011), no *Grand Palais*, Paris (5 de outubro de 2011 a 13 de janeiro de 2012), e no *Metropolitan Museum of Art*, New York (1 de fevereiro a 3 de junho de 2012).

como a expatriação de Stein para Paris demandou que seu "discurso artístico" (especialmente com o espanhol Picasso) se desse em francês.

Segundo a *Autobiography of Alice B. Toklas*, os dois se encontraram pela primeira vez em Paris, em 1913:

> Não muito depois disso [o inverno de 1913] Mabel Dodge foi para a América e foi o inverno da exposição do arsenal que foi a primeira vez em que o público teve a chance de ver esses quadros. Foi lá que o *Nu Descendo a Escada* de Marcel Duchamp foi exibido.
>
> Nessa época mais ou menos Picabia e Gertrude Stein se conheceram. Eu me lembro de ter ido a um jantar na casa dos Picabia, e foi um jantar muito agradável, Gabrielle Picabia cheia de vida e alegria, Picabia moreno e vivo e Marcel Duchamp parecendo um jovem cruzado normando.
>
> Sempre entendi perfeitamente o entusiasmo que Marcel Duchamp despertou em Nova York quando lá esteve nos primeiros anos da guerra. Seu irmão tinha acabado de morrer de ferimentos recebidos, seu outro irmão ainda estava na frente de batalha e ele próprio fora considerado inapto para o serviço militar. Duchamp estava muito deprimido e foi para a América. Todos o adoraram. Tanto que corria uma brincadeira em Paris de que quando algum americano chegava à cidade a primeira coisa que dizia era, Como vai Marcel? (Stein, 1990: 133-34)

"O jovem Duchamp", escreveu ela poucos dias depois a Mabel Dodge, "parece um jovem inglês e fala insistentemente sobre a quarta dimensão" (Tomkins, 1996: 130). Sabemos que nesse período Stein estava muito interessada em questões relacionadas à matemática, portanto sua frase era um elogio[9].

Sem dúvida, o relato de Stein em *Autobiography of Alice B. Toklas* é especialmente lisonjeiro, e sem sua malevolência habitual — bem diferente, vale dizer, de suas referências a Matisse, Pound ou Hemingway, por exemplo. O "jovem cruzado normando": Duchamp era filho de um tabelião da pequena cidade de Blainville, na Normandia, o que Stein cita de modo jocoso em *Everybody's Autobiography*, em que comenta o fato de vários artistas — Cocteau, Bernard Faÿ, Dali — serem filhos de tabeliães (Stein, 1973: 26). Duchamp era bonito e charmoso. E em 1917 Stein soube do alvoroço causado pela *Fonte* através de uma carta de seu amigo Carl Van Vechten:

---

9 Sobre o interesse de Stein em matemática ver Meyer (2001), especialmente o capítulo "At the Whiteheads: Science and the Modern World".

Esse tributo de porcelana foi comprado bruto em alguma loja de material de construção (onde esperava ser chamado para juntar-se a uma trindade de peças sanitárias) e enviado... Ao ser rejeitado [pelo Salão dos Independentes], Marcel Duchamp de imediato renunciou ao conselho da organização. Stieglitz está exibindo o objeto no "291". E tirou fotos maravilhosas dele. As fotos o fazem parecer qualquer coisa, da Madona a um Buda. (Burns, 1986: 58-59)

Os *ready-mades* influenciaram a escrita de Stein? Sim e não. Como Duchamp — e já discuti essa questão em outro texto (Perloff, 1996, 2002) —, as composições de Gertrude Stein assemelham-se aos "objetos" de Duchamp em sua total rejeição ao contrato mimético — uma rejeição que, a meu ver, vai bem além da distorção e do deslocamento cubistas, em que, na verdade, objetos e corpos ainda são reconhecíveis. Nesse sentido o descarte do "retiniano" por Duchamp é também o de Stein. Poemas em prosa como "A Substance in a Cushion" e "A Box" em *Tender Buttons*[10], por exemplo, podem ser relacionados à *Caixa Verde* e, posteriormente, às *boîtes en valise*, de Duchamp em sua ênfase no que não pode ser visto ou inferido do lado de fora. Mais importante ainda, tanto quanto suas produções artísticas eram diferentes — Stein, afinal de contas, não usou o "ready-made" ou o "texto-encontrado" —, os dois artistas beberam das obras um do outro de modos surpreendentes — modos que têm sido amplamente ignorados.

O texto-chave para isso é o *Geography and Plays*, livro de Stein publicado em 1922. Depois da 1ª Guerra, quando Duchamp voltou a Paris e visitou Stein com o amigo de ambos — Henri-Pierre Roché (escritor que, em 1909, havia apresentado Gertrude e Leo Stein a Picasso e fora tema de um retrato literário)[11], a conversa girou evidentemente em torno do desejo de Stein em publicar uma coletânea de seus textos experimentais mais curtos — poemas, prosa curta, retratos e peças de teatro — que vinha escrevendo desde 1908 — por exemplo, sua obra-prima "Miss Furr and Miss

10 A sessão "Comida – Estudos de descrição" do livro *Tender Buttons* foi publicada na edição n.08 do periódico Qorpus (UFSC) em tradução de Luci Collin e se encontra disponível em: <*http://qorpus.paginas.ufsc.br/teatro-na-praia/edicao-n-008-2/1854-2/*> (N. da T.).

11 "Roche" é escrito no estilo do primeiro retrato de Picasso; seu início é: "Era um que por certo era um de fato estando vivo, era esse um um completo um, tinha esse um completo a ver muito bem algo que esse um por certo estaria fazendo se esse um pudesse estar fazendo algo" (Stein, 1993: 141).

Skeene" (ver Mellow, 1974: 311). Walter Arensberg e Henry McBride foram recrutados para a causa e Sherwood Anderson, recém chegado a Paris em 1921, ofereceu-se para escrever um prefácio. Após algumas rejeições, a Four Seas Company, de Edmund F. Brown, de Boston, concordou em publicar *Geography and Plays*, certamente uma das mais importantes coletâneas de Stein e disponível hoje tanto no Gutenberg Project como no Google books; há também uma boa edição reimpressa com uma útil introdução de Cyrena N. Pondrom[12].

G & P contém os bem conhecidos retratos iniciais de Henry Phelan Webb, Constance Fletcher, George Braque, Carl Van Vechten ("One")[13] e Mrs. Whitehead; as peças musicais rimadas como "Susie Asado", "Pink Melon Joy" e "Accents in Alsace", e as peças teatrais "Ladies Voices" e "What Happened"[14]. Mais ou menos no centro do volume, Stein colocou "Sacred Emily" (1913), um poema de dez páginas que provavelmente Duchamp conheceu, e onde surge pela primeira vez a que é talvez a mais famosa linha de Stein: "Rose is a rose is a rose is a rose" (Stein, 1993: 187). Em aparecimentos posteriores de seu tributo à rosa como algo em si (e.g., "Nós supomos que tudo que ela conhece é que uma rosa é uma rosa é uma rosa", em *Opera and Plays*), o substantivo "rosa" é precedido pelo artigo indefinido: no ensaio "Poetry and Grammar", por exemplo, em que Stein define poesia como "interessada em usar e abusar, em perder em desejar, em negar em evitar em adorar em recolocar o substantivo", ela esclarece o que é substantivo — o nome de "todas as coisas" — com o comentário:

> Quando eu disse.
> Uma rosa é uma rosa é uma rosa.
> E então depois transformei isso num círculo eu fiz poesia.

---

12 Ver <*http://www.gutenberg.org./ebooks/33403*> e Cyerna Pondron (1993).

13 Uma tradução em português do retrato "One: Carl Van Vechten" foi publicada nos *Cadernos de Literatura em Tradução* da USP, volume 06, 2005, p. 103-110. Tradução de Luci Collin. Também disponível em: *http://www.revistas.usp.br/clt/article/view/49393/53467* (N. da T.)

14 Esses três textos de Stein aqui citados, "Sotaque na Alsácia", "O que aconteceu" e "Vozes de mulheres" foram publicadas no livro *O que você está olhando: Teatro (1913 – 1920)*, Organização e tradução de Dirce Waltrick do Amarante e Luci Collin, São Paulo: Iluminuras, 2014. (N. da T.)

"Naquele verso", Stein declararia posteriormente, "a rosa é vermelha pela primeira vez na poesia de língua inglesa em uma centena de anos" (Stein, 1998: 327). Contudo, em "Sacred Emily", Rose é um nome próprio e já havia aparecido na abertura:

> Faça faça camas.
> Esposas de notáveis jazem serenas.
> Venha vá fique filipe filipe.
> Ovo ao ser bater.
> Partes de posicionar mentas.
> Suponha vinte porcento.
> É rosa em ave.

Esse trecho nos lembra "Susie Asado", com seus trocadilhos e rimas concisas, e frases aparentemente desvinculadas. "Faça" ('compose') rima com "rosa" ('rose'); "filipe filipe" soa como o chamado de um pássaro; "Ovo ao ser bater" ('Egg be takers') faz um trocadilho com "batedor de ovos" ('egg beaters'); "posicionar mentas" ('place nuts') sugere uma distorção da referência a "posicionamento" ('placement') ou "dispor nomes" ('place names'), bem como "vinte porcento" ('twenty for cent') poderia ser "vinte por cento" ('twenty percent'), o que é estranhamente correto. Quando chegamos ao verso 7, o que poderia convencionalmente ter sido "uma rosa ao florir" torna-se "rosa em ave" ('rose in hen') (já houve o botar dos ovos), com a sonora alusão a 'Rosinante' ('rose in hen'), o amado cavalo de Dom Quixote, além da referência erótica da forma verbal "rose", pretérito passado do verbo "to rise" ("subir" em português) que funciona bem neste verso.
Também Rose, como um nome próprio de alta frequência (e, portanto, entediante) contrasta com a "Sagrada Emília" do título. Referência provável a Émile Zola, de fato uma verdadeira 'vaca sagrada' da virada do século XIX para o século XX na França. O segundo verso, "Esposas de notáveis jazem serenas", certamente se refere à morte do grande autor enquanto dormia em sua cama, envenenado pelo monóxido de carbono devido a uma chaminé entupida, embora sua mulher, "feita" ['composed'] na cama ao lado dele, tenha milagrosamente so-

brevivido. E o escultor do túmulo de Zola (Figura 1) foi Philippe Solari — o "filipe filipe" invocado no verso 3[15].

Figura 1

Não pretendo sugerir que "Sacred Emily" seja sobre Zola. Stein não opera desse modo; ao contrário, "Tão grande grandiosa Emília./ Cose e grelha cose e grelha Emília" ('So great so great Emily./ Sew grate sew grate Emily') torna-se uma oportunidade de Stein celebrar sua própria felicidade doméstica com Alice B. Toklas. O verso "Rosa é uma rosa é uma rosa é uma rosa" é seguido pelos versos:

> Rosa é uma rosa é uma rosa é uma rosa.
> Encanto extremo.
> Polainas extras.

15 A referência a Zola me foi apontada por Susan Barbour, doutoranda em Oxford, que me alertou também para a imagem do túmulo do autor no Cemitério de Montmartre.

Encanto extremo.
Sorvete mais doce.
Aia eras aia eras aia eras.
Lios lios fios fios.
Mais doce que pêssegos e pêras e creme.
Lios fios lios fios.
(Stein, 1993: 187)

"Encanto extremo" ('Loveliness extreme'), com sua alusão ao famoso poema "Go, Lovely Rose" de Edmund Waller, se acotovela, à maneira dadaísta, com aquelas "Polainas extras" ("Extra gaiters") evidentemente necessárias para proteção, ou ainda 'libertadoras' de situações difíceis, e com o "Sorvete mais doce" que ecoa no poema "Preciosilla" (1913) no verso "Susie trigueira é meu sorvete" ("Toasted Susie is my icecream"). Os versos que se seguem introduzem o jogo fônico que, naqueles anos, tornaram-se uma das assinaturas de Stein: "Aia eras aia eras aia eras" ("Page ages page ages page ages"), onde as palavras (substantivos ou verbos?) se mesclam umas com as outras e também invocam 'passagens'; e a ecolalia em "Lios lios fios fios" ("Wiped Wiped wire wire"), onde um único fonema faz toda a diferença. Os feios monossílabos de "Wiped Wiped wire wire" são por sua vez minados pela símile excessiva e modulada de "Mais doce que pêssegos e pêras e creme" ("Sweeter than peaches and pears and cream").

Cyrena Pondrom observa que "Sacred Emily" avança como uma interação de três amplos conjuntos de referência — o sexual, o doméstico e o estético (Pondron, 1993: xlv). Considero tal afirmação acurada: afinal o poema começa com o "Fazer" — compor — de 'camas' ("faça camas"), seguida pela observação de que "Esposas de notáveis jazem serenas" — uma referência à própria "esposa" de Stein assim como à de Zola. Realmente, como "Ada" ou "Susie Asado", "Sacred Emily" é um poema de amor erótico para Alice. Uma rosa é uma rosa é uma rosa: uma rosa é eros. Por volta do verso 18 de sua página de abertura, o tema erótico é nitidamente audível em:

Sussurro carícia sussurro carícia sussurro carícia.
Acho tinha acho tinha acho tinha acho tinha acho tinha acho tinha acho tinha acho tinha
Doce e bom e cortês com todos. (Stein, 1993: 178)

E eros é o motivo dominante do livro inteiro, chegando a uma espécie de *crescendo* em "Sotaques na Alsácia", que culmina no seguinte trecho:

> Mais doce do que a água ou o creme ou o gelo. Mais doce do que o botão das rosas. Mais doce do que o inverno ou o verão ou a primavera. Mais doce do que os belos buquês. Mais doce do que qualquer coisa é minha rainha e amor é a sua natureza.
> Amar e bondade e prazer o melhor é seu Reizinho e Vossa Majestade de quem sua devoção é inteira quem tem pelo menos um desejo para expressar o amor que é seu para inspirar.
> Em fotografia o Reno dificilmente é mostrado
> Do mesmo jeito que o carrilhão lembra você cantando. Do mesmo jeito os pássaros cantam. Do mesmo jeito que as florestas são negras ou brancas.
> Nós as vimos azuis.
> Com bem-me-quer.
> No meio de nossa felicidade estávamos muito satisfeitos. (Stein, 2014: 175-176)

"Sotaques na Alsácia" (1919) é seguido por um retrato literário que foi a última peça escrita para ser incluída no *Geography & Plays*: a saber, o "Next. Life and Letters of Marcel Duchamp" (Stein, 1993: 405-406). Acredito que sua "proximidade" pode ser vinculada ao fato de que no ano de sua composição (1920), Duchamp, de volta a Nova York, criara seu alter ego feminino "Rrose Sélavy" que, dali em diante, assinou muitas de suas pinturas e cartas pessoais, desempenhando um papel importante no trabalho artístico feito por ele. Quando questionado por Calvin Tomkins a respeito da necessidade de inventar uma nova identidade, Duchamp respondeu: "Não foi para mudar minha identidade e sim para ter duas identidades" (Tompkins, 1996: 231). Segundo ele, seu primeiro pensamento fora escolher um nome judeu para minimizar sua própria formação católica. "Mas então, fui assaltado pela ideia, por que não um nome feminino? Bem melhor do que mudar de religião seria mudar de sexo... Rose era o nome feminino mais piegas naquela época, pelo menos em francês. E Sélavy era um trocadilho com *c'est la vie*" (Tompkins, 1996: 231). Em conversa com Pierre Cabanne, Duchamp explica ter acrescentado mais um "R" a "Rose" porque isso lhe dava um trocadilho extra com "arrose" e "arroser", que significa "regar, borrifar", e daí "fertilizar, enriquecer". Observa-se também que "Sélavy" contém o nome "Levy" — um nome judeu tão comum quanto Stein.

A imagem icônica da Rose de Duchamp é a famosa fotografia de Man Ray, de 1920-21, assinada "Com amor, Rrose Sélavy, aliás Marcel Duchamp" (Figura 2). Nessa fotografia de foco-suave, Rose usa um chapéu cloche com uma aba que cai até suas sobrancelhas. Como observa Dalia Judovitz, "é a falta de pelos faciais que engendra a ambiguidade sexual. O rosto barbeado de Duchamp e seu sorriso discreto, generosamente emoldurados por uma gola de peles (um deslocamento lúdico dos pelos faciais), evoca a ilusão de uma presença feminina" (Judovitz, 1995: 144-145)[16]. Mais uma vez, esta Rose não se parece muito com uma mulher: os traços masculinos do próprio Duchamp são inequívocos. Mas a ambiguidade é intencional: a imagem é enigmática, ao mesmo tempo Marcel e Rose, masculino e feminina. Outras duas fotos de Rrose Sélavy tiradas por Man Ray, desta vez com Rose num penteado ainda mais elaborado, capa de veludo até os pés e colar de contas, lembrando os retratos de pintores renascentistas (Figuras 3, 4), são ainda mais ambíguas.

Figura 2

16 Em seu livro mais recente, *Drawing on Art: Duchamp & Company*, Judovitz escreve: "Duchamp não apenas tomou de empréstimo um chapéu cheio de estilo de Germaine Everling (amante de Picabia) como também, mais importante ainda, utilizou os braços e as delicadas mãos de Germaine para acentuar a ilusão de feminilidade transmitida pela foto... ela se colocou imediatamente atrás dele como se o abraçasse" (Judovitz, 2010: 32-33).

O primeiro aparecimento de Rose num trabalho artístico ocorreu no *ready-made* assistido *Fresh Widow*, em que uma janela francesa (*French window*) em miniatura, pintada num verde-azul feio como se fosse um móvel de praia, contém oito vidraças cobertas com lâminas de couro preto[17]. A janela francesa (*French window*) repousa num peitoril em que se lê, em grandes letras maiúsculas: FRESH WIDOW - COPYRIGHT ROSE SÉLAVY 1920. É um trocadilho brilhante, feito apenas com a supressão da letra 'n' nas duas palavras. Uma "fresh widow" é uma viúva recente (aqui talvez uma viúva de guerra) mas "fresh" também no sentido de ousada, atrevida — difícil de reprimir ou impedir. O que estará pensando essa viúva? Não sabemos, já que as vidraças recobertas de couro são impenetráveis: não sabemos o que há por trás delas. A janela ("window") está também fechada, mas as pequenas maçanetas sugerem que poderia ser aberta.

Rrose aparece a seguir em *Belle Haleine, Eau de Voilette* (Figura 4, 1921), cujo título lúdico brinca abertamente com "Belle Helène" e "água de violeta" — extrato de violeta. Mas o próprio frasco de perfume está vazio, e a *eau de voilette* (água velada) evoca a *eau de toilette* da *Fonte* de Duchamp. O rótulo do frasco é uma das fotos de Rrose tiradas por Man Ray e assinada por Duchamp "Man Ray e Rrose Sélavy". No mesmo ano, Duchamp montou uma pequena gaiola de arame, pintou-a de branco e colocou dentro dela 152 cubos de açúcar (na realidade de mármore, e muito pesados), um termômetro comum de medir temperatura, uma espinha de lula e uma pequena travessa de porcelana. A construção foi denominada *Why not Sneeze Rrose Sélavy?* (Figura 5). O termômetro usado para medir o "calor" de uma moça, a fálica espinha de lula, a travessa feminina, o açúcar que na verdade é mármore frio: colocados na gaiola vazia, tais objetos criam um espetáculo complexo e espirituoso do desejo não satisfeito. Pois, ao contrário de todas as pinturas eróticas do século XVIII, de jovens que soltam um pássaro da gaiola e o observam a voar, essa gaiola não contém pássaro algum e é necessário um bom "espirro" para mudar as coisas, para *arroser la vie. Eros c'est la vie.*

17 *Vide* Marcel Duchamp, *Fresh Widow*, 1920. *French window*, miniatura, moldura de madeira pintada e oito vidraças recobertas de couro preto (77.5 X 44.8 cms) num peitoril de madeira (1.9 X / 53.4 X 10.2ms). The Museum of Modern Art, Nova York, Doação de Katherine S. Dreier.

FIGURA 3

FIGURA 4

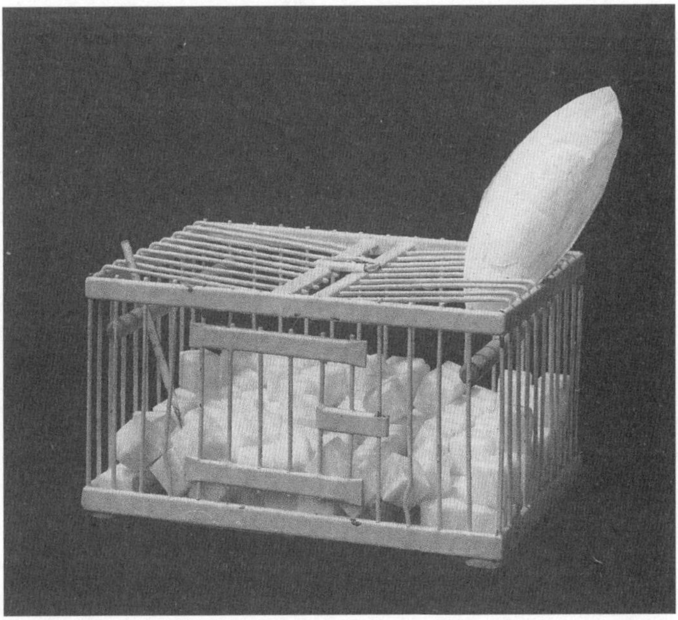

FIGURA 5

O que considero especialmente interessante é que quando Marcel voltou à França para uma estada em julho de 1921, ele começou a assinar suas cartas aos amigos como Rrose Sélavy, às vezes com variantes como 'Rose Mar-cel' ou 'Rrose Marcel', 'Marcel Rrose', 'Marcelavy' (numa carta a Man Ray), 'Selatz" ou "Mar-Sélavy' (em notas a Picabia) (Ver Naumann & Obalk, 2000: 87-160). Depois de 1925, aproximadamente, a assinatura Rrose Sélavy desaparece, substituída pelos apelidos de Duchamp, "Duche" e "Totor", mas com mais frequência apenas "Marcel". O trocadilho e jogo de palavras bissexual, elaborado no início dos anos 1920, diminuiu gradualmente de volume, embora o pequeno livro de trocadilhos de Duchamp, *Rrose Sélavy*, só fosse publicado em 1939. O verso mais ludicamente erótico da própria Stein, do poema "Sacred Emily", "Happy happy happy all the. / Happy happy happy all the." ["Feliz feliz feliz todo o./ Feliz feliz feliz todo o."] surge no mesmo período.

No *The Autobiography of Alice B. Toklas*, Gertrude Stein recorda sua primeira visita ao minúsculo estúdio de Man Ray na Rue Delambre, logo depois da Guerra, em que "ele nos mostrou fotos de Marcel Duchamp" (Stein, 1990: 197). Man Ray vinha fotografando Duchamp desde 1916-17 e Rrose Sélavy ainda não nascera, mas é difícil acreditar que Stein não tenha registrado a presença de Rrose quando estava trabalhando em seu retrato literário em *Geography and Plays*. Do mesmo modo, embora não haja prova de que Duchamp baseasse seu pseudônimo Sélavy em Stein ou sua 'Rrose' sexy e "feminina" nas Roses mais equívocas de Stein, é, no mínimo, uma coincidência espantosa que Duchamp, que nunca pareceu ter manifestado um interesse especial pela cultura judaica, quisesse adotar um nome judeu e o de uma escritora lésbica cujo sobrenome também começava por S, mesmo que escolhesse um prenome banal como 'Rose', tornado tão famoso por Stein.

Seja como for, os dois artistas parecem ter entendido perfeitamente a obra um do outro. Observemos o retrato literário de Stein, "Next. Life and Letters of Marcel Duchamp":

> Uma semelhança familiar agrada quando há um cessar das semelhanças.
> Isso quer dizer que pontos de notável semelhança são aqueles que tornam Henry o líder. Henry liderando na verdade sufoca Emil. Emil é incisivo. Ele não exagera nos exemplos. Ele até hesita.

> Mas eu sou sensível. Eu não sou exatamente eficiente em solidariedade ou sentimento comum.
> Eu estava olhando para ver se poderia criar Marcel disso mas não posso.
> Não um doutor para mim não um devedor para mim não um d para mim e sim um c para mim um crédito para mim. Entrelaçar uma história com vidro e com corda com cor e vaguear.
> Quantas pessoas vagueiam.
> Pessoas escuras vagueiam.
> Podem pessoas escuras vir do norte. Então são escuras. Começam elas a ser escuras quando têm que vir de lá.
> Qualquer pergunta conduz para longe de mim. Grave a cova do jovem.
> O que eu de fato me lembro é disso. Eu coleciono preto e branco. Do ponto de vista do branco toda cor é cor. Do ponto de vista do preto. Preto é branco. Branco é preto. Preto é preto. Branco é preto. Branco e preto é preto e branco. O que eu me lembro quando estou lá é que palavras não são pássaros. Quão fácil sinto o fino. Pássaros não. Então substituo pássaros por papel laminado. Prata é fina.
> Vida e letras de Marcel Duchamp.
> Volta rápido a total restrição e menciona cartas.
> Querido número Quatro.
> Confesse a mim num dito rápido. O voto foi feito.
> O golpe de sorte funciona bem e dificultosamente. Isso circula, isso soa circular. Não posso esconder o atrito. Deixe-me pensar. Eu repito a plenitude de pão. De certo modo não pão. Me deleite. Eu deleito um cordeiro que nasce. (Stein, 1993: 405-406)

Esse é um dos retratos literários especialmente opacos de Stein, e os leitores parecem tê-lo evitado, julgando-o apenas “sem sentido”. Afinal de contas a própria Stein diz no terceiro parágrafo: “Eu estava olhando para ver se poderia criar Marcel disso mas não posso,” possivelmente admitindo sua falha em retratar seu tema. Além disso, ela publicou o texto e lhe deu um nome muito específico, de tal modo que o leitor se sinta desafiado a compreender o significado do retrato. Para os não iniciados, o título “Next” pode ser entendido em termos espaciais ou temporais. A pode estar próximo de B numa foto, ou A pode ser seguido por B numa prateleira do armazém; nos dois casos, “next” é sempre um termo relacional. Não se pode ser o próximo sozinho. Isto significa que Stein está relacionando “Next” ao retrato anterior em *Geography and Plays*, “Tourty or Tourtebattre”? Ou que esta composição é a “próxima” da lista de Stein? A questão é deixada em aberto: o subtítulo certamente é paródico, pois o formato “Life and Letters”, tão comum nos retratos literários de classe média dos Vitorianos Eminentes, dificilmente parece apropriado ao iconoclasta Duchamp, que era tudo menos um Homem de Letras. Ainda assim o título zombeteiro estabelece o contexto para a frase de abertura de Stein: "Uma semelhança familiar agrada quando há um cessar das semelhanças." Se, como está implícito, podemos nos livrar da arte ou da poesia representacional, da necessidade de fazer um retrato ou natureza morta se *parecerem* com o assunto de que trata — então sua semelhança familiar particular pode se tornar "agradável". Observemos o *In Advance of the Broken Arm*, de Duchamp — aquela pá comum de remover neve pendurada no teto por um arame (Figura 6). Este *ready-made* não se *assemelha* a outra coisa: como a rosa de Stein, ela é o que é. Quanto à semelhança familiar, a pá tem uma família muito especial: os *ready-mades* que vivem com ela na Arensberg Collection na Filadélfia ou em outro lugar.

FIGURA 6

O Henry e o Emil, aos quais Marcel é agora comparado, são quase certamente Henry James, a quem Stein considerava seu modelo, e mais uma vez Émil(e) Zola, o grande escritor naturalista da França. Descritivo, como o é Henry James, ele nunca é "incisivo" como Zola. Tendo estabelecido essas analogias, a autora hesita. Marcel pode realmente ser colocado em tal contexto literário? "Mas eu sou sensível. Eu não sou exatamente eficiente em solidariedade ou sentimento comum." Quando se lê alto essa sentença, lê-se quase inevitavelmente "eficiente" como "deficiente" — pois é uma frase padrão para se referir a alguém como "deficiente em solidariedade ou sentimento comum." Eficiente seria então um erro de impressão? Ou Stein deliberadamente pega o clichê e o inverte, chamando-se não exatamente transbordante de solidariedade, mas pelo menos "eficiente" — capaz do "sentimento comum" que fez de Zola tal ícone. É a personalidade de Marcel que parece escapar a ela.

Mesmo assim, o lugar de Duchamp na vida da escritora ainda não foi estabelecido. "Não um doutor para mim não um devedor para mim não um d para mim mas um c para mim um crédito para mim." Duchamp não é nem seu mentor nem seu discípulo — realmente de modo nenhum um 'd' — mas um 'c' de 'crédito' — o fonema 'C' talvez de "Sélavy", por cuja existência Stein *pode* assumir o crédito. E na frase seguinte, ela presta homenagem à famosa obra de Duchamp *Large Glass* (*The Bride Stripped Bare of her Bachelors, Even*), de 1923: "Entrelaçar uma história com vidro e com corda com cor e vaguear." A retratista quer ter controle de seu tema; o fato, contudo, é que Duchamp, o cruzado normando "moreno" é um "vagueador": na época do retrato, vivia indo da França para os Estados Unidos e vice-versa repetidamente, tendo também passado um tempo na Argentina no último ano da guerra. Nunca se podia saber com certeza onde ele estava.

"Qualquer pergunta conduz para longe de mim." Stein não pode "colecionar" a arte de Marcel, que parece, nessa época, bastante incolecionável, mas pode "recordar" o modo como o artista jogava xadrez: o tabuleiro preto e branco a ser dominado. "Preto é branco. Branco é preto. Preto é preto. Branco é preto. Branco e preto é branco e preto." (Stein, 1993: 405). Mas o xadrez é também o paradigma para a arte de Marcel na qual, como na da própria Stein, "palavras não são pássaros";

elas não voam. E poucas linhas abaixo, "O golpe de sorte funciona bem e dificultosamente. Isso circula, isso soa circular". A frase evoca não apenas a marca de cigarro ("Lucky strike" já está em uso em 1917, e Duchamp era um fumante inveterado), como também a "dificuldade" de circular o som. Duchamp, cujos títulos utilizando jogos de palavras e anagramas passaram a ser uma de suas principais marcas, é visto como um homem de *letras* nos dois sentidos do termo.

Por essa época, Duchamp tinha inventado não apenas o jogo de palavras de *Rrose Sélavy* como também a elaborada brincadeira verbal dos títulos de seus *ready-mades*, que começa já em 1915 com *l'Egouttoir* (Figura 7), o "Secador de Garrafa" ou, literalmente, um dispositivo que retira o sabor de algo. O fálico suporte de garrafa sem nenhuma garrafa nele, que removeu o "sabor" delas: é este tipo de jogo de palavras que deve ter atraído Stein, culminando, de fato, com a Mona Lisa de cavanhaque e costeletas denominada *L.H.O.O.Q (Elle a chaud au cul)*[18] e as autodesignações *Rrose Sélavy* e *Le Marchand du sel*. É a facilidade de Duchamp com as letras, não sua vida ("volta rápido a total restrição") que importa.

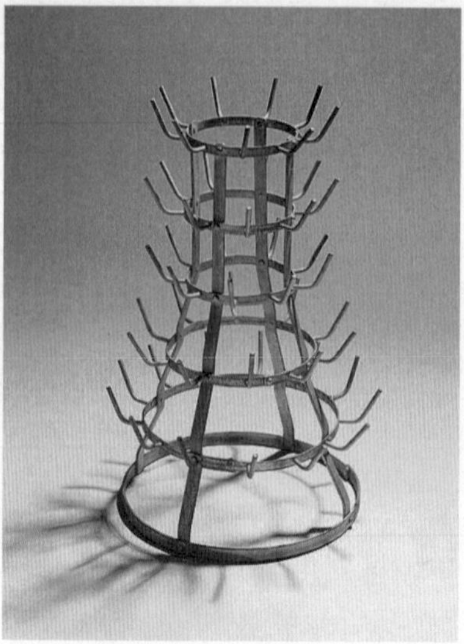

FIGURA 7

18 *Vide* Marcel Duchamp, *L.H.O.O.Q.*, Paris, 1919, réplica. Fototipo colorido à mão com aquarela, 7 5/8 x 4 3 / 6 polegadas, Philadelphia Museum of Art, The Louise and Walter Arensberg Collection, 1950.

Quão estreitamente a composição de um retrato literário como "Next" está aliada à própria obra de Duchamp? Negativamente, a relação é bastante próxima: poderíamos dizer que nos dois casos o ataque é contra a arte retiniana e, no caso de Stein, contra a poesia retiniana. Nos dois casos, a linguagem deve ser tanto vista quanto ouvida, e uma letra, ou melhor, um fonema, pode fazer toda a diferença, como quando "deficiente" se torna "eficiente" (Stein) ou French Window se torna *Fresh Widow*. Mais uma vez, tanto Stein quanto Duchamp erotizam a linguagem real como em "egg be takers" ("ovo ao se bater") e "parts of place nuts" ("partes de posicionar mentas") de "Sacred Emily" e, na família dos *ready-mades* de Duchamp, de *l'Egouttoir* a *Eau de voilette*, e à andrógina *Fonte* de R. Mutt e depois Rrose Sélavy.

De fato, a poética de Stein está certamente muito mais próxima da de Duchamp do que da estética de Picasso, vigorosa, masculina e ainda essencialmente *de pintor*. Consideremos o tratamento jocoso do livro de arte e do layout das páginas por parte de Duchamp. Em 1922, Henry McBride, que fora íntimo por anos tanto de Stein quanto de Duchamp, encomendou a Marcel, que estava mais uma vez morando em Nova York, o design de um livro para seus ensaios sobre arte. O panfleto resultante[19] era composto de dezoito páginas de cartolina unidas por três anéis. Seu título, *Some French Moderns says McBride*, era soletrado em vinte e sete etiquetas de arquivo presas à borda direita de cada página; quando vistas do verso, essas mesmas etiquetas esclareciam o nome do editor do livro: SOCIETÉ ANONYME INCORPORATED, e o copyright (Figura 8) indica como sendo de Rrose Sélavy. Rrose também fornece seu autógrafo, e sob seu nome lemos "para Joseph Solomon quarenta anos depois por Marcel Duchamp". O design de Rrose-Marcel também afetou a tipografia: o primeiro ensaio é montado em tipo padrão, mas a impressão escolhida para as páginas posteriores apresenta um aumento gradual de tamanho até que poucas palavras caibam na página e então volta, repentinamente, ao tipo padrão na última página. Os ensaios de McBride mal podiam ser "lidos", o texto "não legível" forma um pano de fundo para as sete fotos tiradas por Charles Sheeler que enfeitam as páginas alaranjadas.

19 O panfleto é reproduzido em Naumann (1999: 89-91).

Figura 8

"É um livro maravilhoso", escreveu Alfred Stieglitz a McBride, que transmitiu essa opinião a Duchamp (Naumann, 1999: 98). Em Paris, o jovem poeta dadaísta Pierre de Massot soube do projeto McBride e por sua vez produziu um livro em inglês, *The Wonderful Book: Reflections on Rrose Sélavy* (1924). Este intrigante panfletozinho foi reproduzido página por página como parte do "Dossier Pierre de Massot", reunido por Paul B. Franklin para o segundo número (1999) do importante jornal *Étant Donné*, editado por Franklin para a *Association pour l'Étude de Marcel Duchamp*[20]. No frontispício (Figura 9), a primeira parte do

20 O Dossier inclui os poemas de Pierre de Massot, uma importante seleção de cartas de Duchamp a Massot e o também importante ensaio de Paul. B. Franklin "Portrait d'un poète en jeune homme bi: Pierre de Massot, Marcel Duchamp, et l'héritage Dada",

título é posta de lado e *Reflections on Rrose Sélavy* é seguida por uma epígrafe — nada menos que a frase reveladora no retrato literário de Stein, *"Next. Life and Letters de Marcel Duchamp"*: "Eu estava olhando para ver se conseguia construir Marcel a partir disso mas não consigo" (*Étant Donné*, p. 101).

FIGURA 9

Por que Massot escolheria tais palavras como epígrafe, estabelecendo assim um vínculo explícito entre Gertrude Stein e Rrose Sélavy?

56-85. *The Wonderful Book* tem anotações adicionais com excertos de resenhas e comentários de George Pfister, Michel Vanpeene e outros.

O próprio livro revela-se um *livre blanc*: consiste de doze páginas em branco, cada qual encabeçada por uma única palavra designando um mês do ano em sequência. Mas a "Introdução" feita por "Uma mulher sem importância" ("A Woman of No Importance") faz referência ao título da peça de Oscar Wilde, de 1893, sobre uma mulher humilde que descobre que o aristocrático patrão de seu filho é o antigo amante dela e, por isso, pai de seu filho — fornece uma pista:

> P[ierre] de M[assot] resolveu... escrever um livro maravilhoso sobre MARCEL DUCHAMP. Contudo, a cada tentativa via-se esmagado pela dificuldade de tal tarefa. Pois — devo explicar aqui — M sempre afirmara considerar Duchamp o maior gênio que ele conhece.
> Falar sobre a juventude, a evolução e especialmente a vida de Marcel Duchamp sem dizer tolices! Não é um bom motivo de hesitação?
> Qualquer um hesitaria. A coisa é impossível.
> Sabemos que o autor de "Nu descendo a escada" vive de xadrez e amor.
> O autor deste livro adora lembrar uma tarde de domingo em que dormiu no quarto de Duchamp sob o olhar do Rei, da rainha e dos peões. Preto e branco se movem no tabuleiro da vida.
> Após anos de hesitação, P. de M. me trouxe este livro. Eu o prefaciei sem a menor hesitação. É perfeitamente idiota — ou idiotamente perfeito! Mas já que é meu dever ser sincero, devo admitir, para o bem do leitor, que esse rapazinho preguiçoso e maroto me disse na outra noite: "Un livre agréable doit toujours être illisible" ("Um livro agradável deve ser sempre impossível de ler").

Em seu retrato literário, Stein apresenta Marcel como indefinível; ela não consegue produzir uma identidade coerente do que sabe sobre a obra do artista ("vidro e com corda com cor e vaguear", o xadrez que ele jogava, sua herança "escura" do Norte). Além disso — embora Stein não o declare —, o que concluir de Rrose Sélavy, aquela "mulher sem importância" que é Marcel? Pierre de Massot — que mais uma vez se refere à preocupação de Duchamp com o xadrez — "o preto e branco se movem no tabuleiro da vida" – reforça aqui a reação de Stein a Duchamp, a perplexidade dela mesclada ao "deleite", nascida da convicção de que "O golpe de sorte funciona bem e dificultosamente. Isso circula, isso soa circular" (Stein, 1993: 406) — e o leva a um passo adiante como o prazer da não legibilidade —, o *illisible*. O tratamento dramático que Wilde dá ao mistério da identidade torna-se, para Stein, o reconhecimento de que a identidade humana não pode ser capturada satisfatoriamente em palavras. "Eu estava olhando para ver se conseguia construir Marcel a partir disso mas não consigo", olha em frente, não só para as páginas vazias do calendário do *The Wonderful Book*, de Massot, como também para reações posteriores a Duchamp, como as de *Not Wanting to Say Anything about Marcel*, de John Cage (Figura 10). E o *illisible*, claro, é central a nossa própria estética atual (Ver Dworkin, 2006).

FIGURA 10

Na quarta capa de *The Wonderful Book*, Massot colocou uma série de trocadilhos de Rrose Sélavy selecionados por ele, desde 'Étrangler l'étranger' ['estrangular o estrangeiro'] e 'Ruiner, Uriner' ['arruinar, urinar'], a 'lOrchidée fixe' ['orquídea fixa', jogo de palavras com 'idée fixe', 'ideia fixa'] e 'Poulet exaucé' — seu trocadilho com frango 'satisfeito' como se fora 'de-sauced', ['des-temperado']. Massot pensou evidentemente que esses jogos verbais podiam ser relacionados aos jogos de palavras steinianos e, de fato, no incisivo prefácio dele para *Dix Portraits*, o importante livro de 1930 de Stein, que continha seu segundo retrato literário de Picasso (1923), "Guillaume Apollinaire" (1913) e "Erik Satie" (1922) (Stein, 1930)[21], Massot nos dá este perceptivo sumário da arte da linguagem da autora:

> Tout y est pesé, dosé, calculé, mesuré, déduit, ainsi que dans une mosaïque; chaque terme enclave le prochain, strictement, le compénètre, como les plans et les volumes d'une nature morte; chaque élément est perçu avec une telle acuité que sa représentation équivaut à un element neuf; nous assistons à une re-creation abstraite, par le dedans, du monde extérieur que je nomme: miracle (reproduzido em Paul Franklin, *'Portrait d'un poète'*, p. 13).
> Tudo ali é pesado, dosado, calculado, medido, deduzido como num mosaico; cada termo encerra o próximo, estreitamente, o interpenetra, como os planos e volumes de uma natureza morta; cada elemento é percebido com tal acuidade que sua representação equivale a um novo elemento; assistimos a uma re-criação abstrata do mundo exterior, a partir do interior, de tal modo que só posso chamá-lo de milagre.

Um dos retratos literários que Massot provavelmente tinha em mente era "Guillaume Apollinaire", que começa com a linha, "Give known or pin ware" (Stein, 1998a: 385), uma tradução homofônica do nome do poeta que o autor de "Orchidée fixe" e "Des bas en soie... la chose aussi", teria certamente aprovado[22].

Durante a década de 1920, quando Duchamp fazia uma ponte aérea entre Paris e Nova York, ele e Stein mantinham-se em contato, especialmente através do amigo em comum Picabia. Em dezembro de 1932, quando esse último realizava uma exposição de seus desenhos na Galerie Léonce Rosenberg em Paris, foi pedido a Stein que contribuísse com um prefácio para o catálogo. Seu "Preface" revelou-se a Stanza LXXI da Parte V de sua longa e difícil sequência poética *Stanzas in Meditation*, e a estrofe foi traduzida por ninguém menos que Duchamp[23]. Essa foi, vale notar, a primeira seleção das *Stanzas* a

21 Os outros sete retratos são de Cristian Bérard, Eugene Berman, Bernard Faÿ, Georges Hugnet, Pavel Tchelitchew, Virgil Thomson, Kristians Tonny.

22 Para contextualização, ver Dydo (2003: 294-301). Dydo comenta que Massot falava um inglês excelente e queria traduzir *Tender Buttons* e *Geography and Plays*, mas isso não chegou a acontecer. Para discussão das traduções de *Dix Portraits*, realizadas por Hugnet and Thompson: ver Dydo (2003: 296-300). Dydo observa que a tradução literal, como a utilizada em *Dix Portraits*, não conseguiu reproduzir nenhum sentido da brincadeira com palavras original. No entanto, pode-se acrescentar que Duchamp, capaz de ler Stein no original e já então produzindo seus próprios jogos de palavras em inglês, poderia apreciar os originais.

23 "Préface", Expositions de dessins par Francis Picabia, Galerie Léonce Rosenberg,

ser publicada. De fato, exceto por algumas passagens, as *Stanzas* não foram publicadas durante a vida de Stein.

"Essas estrofes austeras", escreveu John Ashbery resenhando a edição póstuma de Yale (1956), "são feitas quase inteiramente pela conexão de palavras despidas de cor como 'onde', 'qual', 'essas', 'de', 'não', 'tem', 'acerca', etc., embora de vez em quando Miss Stein jogue no meio delas uma laranja, um lilás ou um Albert para nos lembrar que está falando realmente do mundo, do nosso mundo." E chama *Stanzas* de "um hino à possibilidade" (Ashbery, 2004: 11-15; Stein, 2012: 50-55)[24]. Sem dúvida, Stanzas é o trabalho mais abstrato de Stein, sua obra menos "retiniana".

A meditação de Stein começa com uma narrativa fraturada, como um trecho de um livro para crianças:

> Havia era uma vez um lugar onde se ia de vez em quando.
> Penso melhor nisso do que naquilo.
> Se encontraram bem como se deveria.
> Isso é meu posso eu ser excitante.
> Então bem ele desejou que ela desejasse.
> Disso tudo o que sei é isso.
> Quando amiúde como digo sim tudo isso um dia.
> Este não é um instante para estar distante.
> Minha nossa não.[25]

Duchamp a traduz da seguinte forma:

> Il y avait une fois un endroit où ils allaient de temps en temps
> Je pense mieux de ceci que de cela
> Ils se sont rencontrés exactement comme ils devaient.

Paris, 1-24 de dezembro de 1932. Prefácio em inglês de Gertrude Stein, pp. 1-2; Prefácio em francês de Marcel Duchamp, pp. 3-4. Reimpresso em Orbes, n° 4 (Inverno de 1932-33), 64-67 (onde é encontrado lado a lado de poemas de Hans Arp e Picabia) e também em Mohler (1975: 43). Na tradução francesa, a stanza em questão é numerada como 'Stance 69 des Stances de meditation'. Apresento tanto a versão inglesa quanto a francesa de Mohler.

24 As editoras explicam a numeração desencontrada de Stein em sucessivos manuscritos nas pp. 264-67.

25 *Stanzas in Meditation*, Parte V, estrofe 71, p. 241. Para as variáveis, ver Stanzas 372-73. Na versão Orbes, por exemplo, o verso 7, 'Once often as I say yes all of it a day', apresenta um erro tipográfico, 'Once of ten as I say yes all of it a day'.

Lui et mois pui-je être excité
E alors il a désiré qu'elle désire
Tout ce que j'en sais c'est ceci
Une fois souvent tout cela un jour quand je dis oui
Ce n'est pas une journée à être loin
Oh! mais non (Mohler, 1975: 42)

A tradução de Duchamp é, ao contrário, até mais cheia de rimas do que o original, com "fois" rimando com "endroit", e "cela", "ceci" rimando com "oui", e aí por diante. Duchamp segue bastante de perto o original, mas faz algumas mudanças sutis. Para começar, ele elimina os pontos finais que, no poema de Stein, terminam cada verso, enfatizando a separação de cada frase. Então, o verso 4, "This is my could I be excited" recebe um conjunto extra de pronomes masculinos/femininos como para enfatizar a união: "Lui et mois puis-je être excite". E no verso 5, a preferência por "desiré" (em vez de, por exemplo, "voulu" ou "souhaité") para "wished" e, a seguir, a mudança do segundo "wished" para o particípio presente — "qu'elle désire" — realça o elemento erótico na estrofe: é como se Rrose Sélavy quase pudesse aparecer.

Entretanto, com a introdução a Picabia no verso 17 (Stein, 2012: 242), vem a admoestação para "forget men and women"/"esquecer homens e mulheres" ("oubliez hommes et femmes"), e a meditação culmina na seguinte passagem:

A coisa que quero dizer é isso.
Poderia ter sido.
Há dois algos que são diferentes.
Um e um.
E dois em dois.
Três e três não estão em vencer.
Três e três se não em vencer.
Vejo isso.
Eu teria gostado de ser só o um.
Um é um.
Se sou teria eu gostado de ser só o um.
Sim só isso.
Se eu sou um eu teria gostado de ser só esse um
Qual eu sou.
Mas sabemos que eu sei.
Que se isso veio
A ser um

Deste também
Este um
Não só então mas quão
Isso eu sei tão.

Na versão de Duchamp:

La chose que je désire dire est ceci
Qu'aurait pu être
Il y a deux choses qui sont différentes
Un et un
Et deux et deux
Trois et trois ne sont pas en gagnant
Trois et trois si pas en gagnant
Je vois ceci
J'aurais voulu être la seule
Un et un
Si je suis aurais-je aimé être la seule
Oui rien que ceci ou exactement
Si je suis un j'aurais aimé être la seule
Que je suis
Mais nous savons que je sais
Que si ceci est venu ou celui-ci
Pour entre un
De ceci aussi
Celui-ci
Pas seulement maintenant mais comment
Ceci je sais maintenant

O francês não consegue reproduzir bem os versos monossilábicos e cortados de Stein, com suas rimas e paragramas: "Não só então mas quão/ Isso eu sei tão." Duchamp, contudo, captura o tom com "maintenant", "comment" e "Ceci je sais". A única mudança sutil que faz é no nono verso acima: a observação reveladora, "I would have liked to be the only one" ("Eu teria gostado de ser só o um"), que em inglês não tem designação de gênero, torna-se "J'aurais voulu être la seule". E mais adiante, ao traduzir o verso 13, "Se eu sou um teria eu gostado de ser só esse um", Duchamp cria uma divisão estranha, tornando o "um" masculino, mas o "só um" ("la seule") feminino: "Si je suis un j'aurais aimé être la seule".

Em seu próprio texto, Stein nunca se traiu tanto: seus pronomes habitualmente têm uma indeterminação estudada[26]. Duchamp, porém, de modo divertido sugere que Stein está totalmente consciente de que ser "the only one" ("ser só esse um") é ser o masculino — na verdade, ser um homem como Picabia — ou, a propósito, como Picasso. E ela acrescenta, com orgulho, "Qual eu sou" ("que je suis"). De fato, ela *é* o "um". É o que Stein sempre quis. "Sim, só isso". Aqui Duchamp enfeita ligeiramente o verso, tornando-o "Oui rien que ceci ou exactement". Por que a ênfase extra? Talvez porque Duchamp solidarize-se com a necessidade de Stein de ser *exatamente* aquele "só um". Não era uma necessidade sentida por Rrose Sélavy, pois Rrose podia sempre voltar a ser Marcel: da perspectiva dele, "une" se torna "un" a qualquer momento. Por outro lado, Stein era quem era: não podia adotar outra identidade tão prontamente quanto Marcel; na verdade, a irônica distância tão central à obra de Duchamp não era o *métier* dela. Séria (mesmo sendo muito engraçada também) e focada, ela compreendeu que "Três e três não estão em vencer." Três — fosse no triângulo amoroso por trás de *Stanzas in Meditation*[27], ou na relação dela com Picabia e Picasso, era uma multidão. Diferente de Duchamp — e aqui ela pode ter sido mais como Picasso, Stein não tem qualquer desejo de ser uma *tradutora* da obra de outra pessoa. Não, ela era a "só o um", "Este um". "Não só então mas quão", conclui ela, "Isso eu sei tão".

Marcel, Marcelavy, le Marchand du Sel, Rrose Sélavy the Fresh Widow e a Rose de Eros não tinham semelhante ego. Certamente Duchamp também queria ser "um", ter autonomia como criador, mas em consideração a seu grande amigo Picabia, que não estava obtendo boa receptividade da imprensa naquela época, fez de bom grado uma rápida tradução de uma composição verbal, cuja indeterminação e jogos de palavras ele podia obviamente apreciar. Em especial, uma composição de uma autora tão *simpática* quanto Gertrude Stein. "Isso eu sei

26 Sobre o uso dos pronomes em *Stanzas*, ver Retallack (2012: 22-25).

27 Sobre a substituição feita por Alice B. Toklas da palavra "may" pela palavra "can" [ambas significando poder] (uma referência a May Bookstaver, por quem Stein fora apaixonada no passado) em sua transcrição do texto, ver Dydo (2003: 488-502) e Retallack (2012: 8-14). O Anexo D à Edição Corrigida rastreia todas as mudanças no manuscrito: *vide* pp. 268-379.

tão", "Ceci je sais maintenant": na desmontagem da forma de pintor e na dissolução da identidade retiniana, a Stein de "uma rosa é uma rosa é uma rosa" e Marcel-Rose eram simplesmente aliados naturais. De fato, da perspectiva privilegiada do século XXI, é Duchamp, mais do que Picasso ou os Cubistas, Duchamp, a propósito, mais do que Apollinaire ou Max Jacob, que se coloca como o "Next" de Stein.

Ao aparecer no catálogo de Picabia e no periódico *Orbes* (#4, 1932-33), a Stanza 71 de Stein foi introduzida por uma epígrafe de Picabia. "La vie n'aime pas les verres grossissants c'est pour cela qu'elle ma tendu la main" ("A vida não gosta das lentes de aumento é por isso que ela me estendeu a mão"). Isso bem pode ser uma alusão dissimulada ao encômio do poeta Georges Hugnet a Stein na edição da primavera de 1929 de *Orbes* intitulado "Rose is a Rose on Stein".

> En Espagne, un jour, vêtue de violet et la main baguée, Gertrude Stein fut tout etonnée que dans la rue on lui baise la main. (Hugnet, 1929: 61)
>
> (Certo dia, na Espanha, vestida de roxo e com anéis nos dedos, Gertrude Stein ficou atônita quando alguém, na rua, lhe beijou a mão.)

Observamos também o trocadilho de "verres" (lentes) com "vers" (versos): o que está implícito é que os versos de Stein não são os versos inflados ou "de aumento" da poesia tradicional. A homenagem é de Picabia. Mas é citada por Duchamp. "Um e um. E dois e dois. Próximo."

Tradução de Luci Collin

REFERÊNCIAS

ASHBERY, J. "The Impossible: Gertrude Stein" (1957). *Selected Prose.* Eugene Riche (ed.). Ann Arbor: University of Michigan Press, 2004.

BURNS, Edward (ed.) *The Letters of Gertrude Stein to Carl Van Vechten, 1913-1914*. New York: Columbia University Press, 1986.

CABANNE, P. *Dialogues with Marcel Duchamp*. Trad. de Ron Padgett. New York: Viking Press, 1971.

DYDO, U. E. *Gertrude Stein:* The Language That Rises 1923-1934. Evanston: Northwestern University Press, 2003.

DWORKIN, C. *Reading the Illegible*. Evanston: Northwestern University Press, 2006.

HUGNET, Georges. "Rose is a Rose on Stein". *Orbes #2* (primavera de 1929), 59-61.

JUDOVITZ, Dalia. *Unpacking Duchamp:* Art in Transit. Berkeley: University of California Press, 1995.

_______. *Drawing on Art:* Duchamp & Company. Minneapolis: University of Minnesota Press, 2010.

MELLOW, James. *Charmed Circle:* Gertrude Stein & Company. New York: Avon, 1974.

MEYER, S. *Irresistible Dictation:* Gertrude Stein and the Correlations of Writing and Science. Stanford: Stanford University Press, 2001.

MOHLER, O. *Francis Picabia*. Turim: Ed. Notizie, 1975.

NAUMMANN, Francis M. *Marcel Duchamp:* The Art of Making Art in the Age of Mechanical Reproduction. New York: Harry Abrams, 1999.

NAUMANN, Francis M. & OBALK, Hector (eds). *Affect-Marcel:* The Selected Correspondence of Marcel Duchamp. Londres: Thames & Hudson, 2000.

PERLOFF, Marjorie. "Of Objects and Readymades: Gertrude Stein and Marcel Duchamp". *Forum for Modern Language Studies*, 32, 2 (1996): 137-54.

______. "Poetry as Word-System: The Art of Gertrude Stein". In: *The Poetics of Indeterminacy:* Rimbaud to Cage. Evanston: Northwestern Univ. Press, 1999, 67-108.

______. *21st Century Modernism:* The "New" Poetics. Oxford: Blackwell, 2002, 77-120.

PICASSO, Pablo. "21 december xxxv". In: ROTHENBERG, Jerome. *Writing Through:* Translations and Variations. Middletown, CT: Wesleyan University Press, 2004.

PICASSO, Pablo. *Poèmes.* ed. d'Androula Michaël. Paris: le cherche midi, 2005.

PONDROM, Cyrena. "Introduction". *Geography and Plays.* Madison: University of Wisconsin Press, 1993, i-iv. Disponível em: <http://www.gutenberg.org./ebooks/33403>. Acesso em 25 de março de 2018.

RETALLACK, Joan. "On not Reading Stanzas in Meditation", Introduction. *Stanzas in Meditation:* The Corrected Edition. Susana Hollister e Emily Setina (eds.). New Haven: Yale University Press, 2012, 22-25.

STEIN, Gertrude. *Dix Portraits.* Edição Bilíngue. Tradução Georges Hugnet e Virgil Thomson. Paris: Éditions de la Montagne, 1930.

______. *Picasso.* Paris: Libraire Floury, 1938.

______. *Picasso.* Trad. Gertrude Stein e Alice Toklas. Londres: B.T. Batsford, 1939.

______. "Picasso". *Gertrude Stein on Picasso.* Edward Burns (ed.). NY: Liveright, 1970, 3-76.

______. "Picasso". *Gertrude Stein on Picasso.* Edward Burns (ed.). NY: Liveright, 1970 [1909], 79-81.

______. "If I Told Him: A Completed Portrait of Picasso". *Gertrude Stein on Picasso.* Edward Burns (ed.). NY: Liveright, 1970 [1923], 83-91.

______. *Everybody's Autobiography.* NY: Vintage, 1973 [1937].

______. *The Autobiography of Alice B. Toklas.* NY: Vintage Books, 1990 [1933].

______. *Geography and Plays.* Madison; University of Wisconsin Press, 1993. Disponível em: <http://www.gutenberg.org./ebooks/33403>. Acesso em 25 de março de 2018.

______. "Poetry and Grammar". *Gertrude Stein Writings 1932-1946.* New York: The Library of America, 1998, 313-336.

______. *Stanzas in Meditation:* The Corrected Edition. Susana Hollister e Emily Setina (eds). New Haven: Yale University Press, 2012.

______. *O que você está olhando – teatro (1913-1920).* Tradução Luci Collin e Dirce Waltrick do Amarante. SP: Iluminuras, 2014.

TOMKINS, Calvin. *Duchamp.* New York: Henry Holt, 1996.

Gertrude Stein: o problema com a mímesis

Isabelle Alfandary

Lendo Stein hoje e tentando entender a natureza de sua contribuição específica para a história das letras norte-americanas e da literatura em geral, tentarei abordar tal tarefa considerando duas questões interligadas: 1) a autonomia da escrita face à mímesis e 2) a possibilidade e a impossibilidade da narrativa em sua obra. Apesar do nome de Aristóteles, e sua poética, quase não ser mencionado nos escritos steinianos, ele é o ponto de partida que está no cerne da invenção de Stein — de si própria como escritora —, o que eu prontamente chamaria de sua invenção ou reinvenção da escrita.

A escrita steiniana vem sendo, há décadas, minuciosamente examinada e comentada por críticos talentosos e persuasivos. É o caso de Peter Quartermain, que analisa um excerto de *Sentences* em sua obra *Disjunctive Poetics*, 1992, enfatizando que "o *Sentences* desestabiliza o ato da leitura" (1992: 21) e argumentando que "a escrita de Stein desestabiliza perpetuamente a si própria (um feito nada fácil) ao colocar em primeiro plano os interesses linguísticos (enquanto opostos aos interesses referenciais e representacionais)" (1992: 21). Mas, como Quartermain ainda observa, "nenhuma quantidade de informação linguística ou mesmo cultural ajudará a resolver o problema: declarando em demasia, a frase não declara nada mas impõe um jogo sério" (1992: 23). A frase não declara nada, contudo, o declarativo por excelência é o modo gramatical steiniano. Uma vez que o estado e os efeitos do declarativo são incertos, os críticos encontraram dificuldades para apreender a questão em foco na linguagem de Stein, não importa quão inteligentes ou abrangentes possam ter sido suas molduras de leitura ou suas abordagens hermenêuticas. A escrita steiniana parece, de algum modo, escapar, ultrapassar e não se prestar a categorizações predeterminadas e a rubricas estabelecidas.

Retornemos a Quartermain, que faz um comentário interessante a respeito da reação do leitor:

> Essa escrita surge de um mundo particular que inclui o próprio ato da escrita, embora não esteja confinado exclusivamente a ele. Assim, por meio de uma série de surpreendentes torções e jogos, o retrato literário "Livro" circula entre o referencial e o linguístico e o que fazemos ao lê-lo não é apenas assistir às palavras compondo, funcionando, mas juntarmo-nos a elas. Isso proporciona uma narrativa de nossas próprias percepções da linguagem em desdobramento à medida que ela se desdobra na nossa frente, e é, portanto, tanto a história do leitor quanto a história de Stein. (1992: 29)

Para ler Stein, os leitores "se juntam [às palavras]", como sugere Quartermain, e sua participação no ato da leitura, de maneira bastante interessante, toma a forma de uma narrativa: "uma narrativa de nossas próprias percepções da linguagem em desdobramento". O fato de que os leitores tendem a suplementar o texto com uma história, o cenário de seu desdobramento na frente de seus próprios olhos, de alguma maneira reverbera com a questão mais ampla da narrativa tão frequentemente abordada pela própria Stein ao tratar de sua escrita.

Um ataque radical à mímesis

Indo em paralelo ou em oposição ao que me sentiria tentada a chamar de leitura-história da escrita steiniana está aquilo que Quartermain classifica como "um ataque radical à certeza" (1992: 41) que, em termos aristotélicos, poderia ser reformulado como um ataque radical à mímesis. Quartermain não hesita em concluir: "Stein alcança sua surpreendente multiplicidade de significado e sugestão ao retirar sua linguagem da significação lexical e referencial enquanto, ao mesmo tempo, gesticula em direção a essa significação" (1992: 41). A questão do ataque à mímesis não é, do modo como a vejo, marginal, já que ela envolve Stein na sua concepção e prática da escrita. O que parece estar se desvanecendo, perdendo-se de vista, ao menos parcialmente, num primeiro momento — começando com "Melanctha", para nos referirmos ao primeiro exemplo notável dessa transformação rítmica e melódica que vem das frases de Stein — é o mundo da referencialidade, o mundo do significado partilhado, a ficção de um sentido comum, que é a essência, se não for o sentido comum da ficção — "Gertrude Stein havia escrito a história da negra Melanchta, segunda história do livro *Three Lives* que foi o primeiro passo definitivo para longe do século XIX e em direção à literatura do século XX" (Stein, 1937: 714). E ainda assim a autora de *Three Lives* fez repetidas e persistentes afirmações sobre sua linhagem literária, notavelmente acerca do débito com Henry James, a quem, com sua própria aprovação, "ela considera bastante definitivamente como seu precursor".

Retirar-se da ordem da mímesis, desafiando a referencialidade sem recusar por completo o mundo, se provou mais do que uma postura vanguardista, mas um ato poético propriamente revolucionário, totalmente constitutivo da escrita steiniana; ao fazer isso, a escrita de Stein eclipsa os princípios da *Poética* de Aristóteles, que vêm regendo os destinos da literatura ocidental por séculos, em um gesto soberano que eu gostaria de expor, um gesto soberano que explica a influente contribuição de Stein para a história das letras norte-americanas, e além.

Stein escreve não apenas contra a tradição ideologicamente ameaçadora da literatura britânica, a tradição da figura patriarcal autoritária e proibitiva ("sua oposição profunda e persistente ao domínio autoritário e impositivo dos modelos ingleses, a partir de sua oposição aos padrões, convenções e procedimentos literários anglocêntricos que, em poemas como *Patriarchal Poetry*, ela identifica como patriarcais e de fato elitistas"), como argumenta Quartermain (1992: 42), mas implica um afastamento mais poderoso e intimidante de uma tradição plurissecular e dominante, tradição essa herdada do conceito mimético aristotélico. Gertrude Stein, uma jovem norte-americana expatriada na França, é corajosa e/ou inocente o bastante para ousar se opor ao modelo da literatura europeia, um modelo de ascendência grega, o modelo mimético do discurso literário. À medida que ela descobre isso, uma outra literatura do Real é possível sob certas condições.

Antes de avançar, gostaria de retomar o modo pelo qual Lyn Hejinian (2000), em uma de suas duas palestras sobre Stein, define a literatura realista no que concerne a categoria do real:

> A literatura realista tentou confrontar duas questões essenciais e bastante distintas. Uma foi metafísica, em que o escritor questiona a natureza do real, a relação do real com as aparências, a distinção entre o simulacro e o original, a exatidão da percepção, o problema da suscetibilidade da percepção à ilusão e, por fim, a capacidade e a competência da arte em traduzir, transferir ou tornar-se ela mesma real. A outra questão foi ética: em que o escritor questiona a relação da arte com a verdade, a relevância da sinceridade e/ou dos simulacros, e postula algum valor prático para a obra, sugerindo que a literatura pode e deve ser útil. (Heijinian, 2000: 89)

A natureza do que tomamos como realidade precisa ser circunscrita. Em *The Autobiography of Alice B. Toklas*, 1933, o narrador insiste na paixão de Stein pela realidade:

> Em sua obra, Gertrude Stein foi sempre tomada de uma paixão intelectual pela exatidão na descrição da realidade interior e exterior. Ela produziu simplificação por meio desta concentração, e como resultado a destruição da emoção associativa na poesia e na prosa. Ela sabe que beleza, música, decoração, resultantes da emoção, não devem nunca ser a causa; eventos não devem ser a causa da emoção nem o material da poesia e da prosa. Nem a emoção em si deve ser a causa da poesia e da prosa. Elas devem consistir numa reprodução exata de ambas, uma realidade exterior ou uma realidade interior.

Para Stein, a busca do real se origina de uma concepção epistemológica da realidade como combinação de mundos internos e externos. Aluna de William James, em Radcliff, ela resiste a uma concepção dualística do ser, e desconstrói as categorias de sujeito e objeto: “Em seu estado puro [escreve James em *Does Consciousness Exist?*] ou quando isolada, não há uma autodivisão dela em consciência e ‘sobre’ o que a consciência é. Sua subjetividade e objetividade são atributos unicamente funcionais, percebidos somente quando a experiência é 'apreendida', i.e., discutida, duas vezes, considerada com seus dois contextos, por uma nova experiência retrospectiva, da qual toda aquela complicação passada agora forma o novo conteúdo” (James, 1992: 1151). Uma concepção similar é trabalhada em *The Making of Americans*, que se apoia em parte na noção de "vida interior", uma noção que seria mal interpretada se entendida como apontando para uma oposição dualista e dialética: "Eu estava escrevendo o *The Making of Americans*, estava completamente obcecada com a vida interior de tudo incluindo gerações de todos que estão vivos e eu estava escrevendo prosa, prosa que tinha a ver com o equilíbrio o equilíbrio interno de todas as coisas" (Stein, 1998b: 329). Em uma concepção jamesiana de consciência, "vida interior" é, por definição, inseparável da vida exterior. No entanto, a emoção não deve ser deixada de fora do processo poético, e tampouco Quartermain chama a isso de "um ataque radical à certeza" (1992: 41). No entanto, "eventos" não devem ser "a causa da emoção" ou mesmo "o material da poesia e da prosa".

Em *The Autobiography of Alice B. Toklas*, frases simples e palavras simples permitem que Gertrude Stein, em seus próprios termos, corajosamente redefina a poética aristotélica, repensando a categoria da mímesis como "uma reprodução exata tanto de uma realidade exterior quanto de uma realidade interior". O que Stein chama de "eventos" ("eventos não devem ser a causa da emoção nem o material da poesia e da prosa"), que Aristóteles chama de "ação", é precisamente a característica definidora da tragédia: "A tragédia é uma imitação de uma ação admirável, completa e que possui magnitude; na linguagem tornada agradável, cada uma de suas variedades separadas em partes diferentes; representada por atores, não pela narração; causando, por meio de pena e medo, a purificação de tais emoções" (Aristóteles, 1996, ref. 10). A "destruição da emoção associativa na poesia e na prosa" ("Ela produziu simplificação por meio desta concentração, e como resultado a destruição da emoção associativa na poesia e na prosa"), em conjunto com o ato de evitar tomar os eventos como "causa da emoção" ou o "material da poesia e da prosa" ("não devem ser [...] o material da poesia e da prosa"), constitui um "ataque radical" a Aristóteles e à tradição diegética (prosa) e poética (dicção) ocidental.

No entanto, Stein não renuncia completamente à representação da realidade, como argumenta Marjorie Perloff em *Poetic Licence*: "Como os grandes realistas do século XIX que foram seus precursores, Stein acreditava que o domínio da literatura é o real ao invés do ideal, o comum ao invés do incomum, o cotidiano ao invés do fantástico" (Perloff, 1990: 155). Ao fazer assim, Stein também restabelece uma tradição norte-americana iniciada por R. W. Emerson em seu discurso "O erudito americano", que se preocupa com "o próximo, o baixo, o comum" (Perloff, 1990: 101).

A noção steiniana de "uma reprodução exata tanto de uma realidade exterior quanto de uma realidade interior" ainda está alinhada à chamada noção de representação; uma representação que precisa se ajustar à uma dimensão interior implica uma investigação a partir de dentro. O enredo que Stein recorrentemente discute em seu próprio trabalho criativo acaba sendo chave para a *Poética* de Aristóteles, firmemente entrelaçada à mímesis: "O enredo, então, é a imitação da ação (por 'enredo' aqui quero dizer a organização dos eventos [...] Então a tragédia, como um todo, tem necessariamente seis elementos constitutivos, que determinam a qualidade da tragédia: i.e. enredo, personagens, dicção, argumentação, espetáculo e poesia lírica". Se Stein não abole a hierarquia aristotélica, ela inverte a divisão tradicional e fundacional de maneira bastante radical.

Se o nome do filósofo grego não é mencionado nas obras e nas palestras de Stein, o leitor de "Ada", um conto de uma página que pode ser considerado a epítome dos primeiros retratos steinianos, é implicitamente lembrado por uma das fórmulas mais famosas de Aristóteles, retirada do quarto segmento de sua *Poética*. Logo após ter abordado "A primazia do enredo", Aristóteles afirma: "Formulamos a tragédia como uma imitação de uma ação completa, i.e. total, que possui certa magnitude. (É possível que um todo não possua magnitude). Um todo significa aquilo que tem começo, meio e fim" (Aristóteles, 1996, ref. 13). Ao ler essas linhas nos surpreende o modo como as proposições de Aristóteles soam similares à sintaxe steiniana, por assim dizer, à maneira daquilo que Oulipo chama de possibilidade anacrônica de "um pastiche por antecipação".

Aqui o excerto de "Ada":

> Ela veio a ser mais feliz que qualquer outra pessoa que estivesse vivendo então. É fácil acreditar nessa coisa. Ela estava contando a alguém, que estava amando cada história que era encantadora. Alguém que estava vivendo estava quase

sempre ouvindo. Alguém que estava amando estava quase sempre ouvindo. Aquele alguém que estava amando estava quase sempre ouvindo. Aquele alguém que estava amando estava contando sobre ser alguém então ouvindo. Aquele alguém que estava amando estava então contando histórias tendo um começo e um meio e um fim. Aquele alguém era então alguém sempre completamente ouvindo. Ada era então alguém e todo seu viver então um completo contar histórias que eram encantadoras, um completo ouvir histórias tendo um começo e um meio e um fim. (Stein, 1999: 16)

A ressonância da escrita

Stein constantemente desafia os conceitos de escrita/leitura, ao borrar os limites entre as categorias aristotélicas tradicionais da ficção e da dicção (conforme foram entendidas e problematizadas por Gérard Genette em seu ensaio de 1979 intitulado "Ficção e dicção"), deslocando a ênfase da escrita poética da ficção para a dicção, colocando em dúvida a relevância da diferença entre duas formas poéticas supostamente bem-definidas e mutuamente excludentes. A meio caminho entre os dois polos e desestabilizando os termos da oposição tradicional está a voz em Stein: a voz que lê em voz alta, a voz que escreve, a voz que silenciosamente enuncia o texto enquanto escreve, a voz que eventualmente soará mais alta que o texto escrito; a relação steiniana com a voz desestabiliza a divisão tradicional "logos/muthos".

A técnica da "escuta atenta", cunhada por Charles Bernstein na coletânea de ensaios editada por ele, é devedora àquilo que eu estaria tentada a chamar de *prosa poética de ficção/dicção steiniana*, em que a dicção se mistura à ficção e a linguagem reflete sua própria agência a respeito da ficção: o que Bernstein chama de "o som da poesia e a performance visual da poesia" (Bernstein, 1998: 3) é o mesmo que a invenção de Stein de uma relação diferente para a linguagem na escrita. Recorrendo à noção de auralidade grafada "AU", Bernstein busca enfatizar "a ressonância da escrita", tão característica dos sucessivos estilos de Stein. No quarto capítulo de *The Autobiography of Alice B. Toklas*, o narrador não consegue deixar de questionar a relação de Stein com a língua francesa:

> Mas você nunca lê em francês, eu bem como muitas outras pessoas perguntei a ela. Não, ela respondeu, veja que eu sinto com meus olhos e não faz nenhuma diferença para mim qual língua escuto, eu não escuto uma língua, escuto tons de voz e ritmos, mas com os olhos eu vejo palavras e frases e há para mim apenas uma língua que é a inglesa. Uma das coisas das quais gostei durante todos esses anos foi estar cercada por pessoas que não sabiam inglês. Isso me deixou mais intensamente sozinha com meus olhos e meu inglês. De outro modo não sei se teria sido possível em termos gerais ter o inglês assim para mim. E eles nenhum deles sabia ler uma palavra que eu tenha escrito, a maioria deles nem sequer sabia que eu escrevia. Não, eu gosto de viver com tantas muitas pessoas e estar totalmente sozinha com o inglês e comigo mesma. (Stein, 1990: 729)

A auralidade do inglês é, para Stein, de uma ordem tanto visual quanto sintática, isomórfica do "som da poesia e performance visual da poesia" postulado por Bernstein. A maneira como as frases soam na página é uma experiência sinestésica e crucial em que as dimensões fonética e visual se interseccionam, e até mesmo se sobrepõem. Em mais de um sentido, Gertrude Stein escreve para si mesma, em primeiro lugar, ditando para ela mesma as frases em inglês que vinham à sua mente e terminavam em escrita durante as noites que ela passou em sua escrivaninha no apartamento da Rue de Fleurus, como ela relembra em *The Autobiography of Alice B. Toklas*. A preocupação principal e manifesta de Stein é com as frases: "Ela estava àquela época planejando seu longo livro, *The Making of Americans*, estava se debatendo com suas frases, aquelas longas frases que precisavam ser levadas a cabo de maneira tão exata. Frases não apenas palavras mas frases e sempre frases têm sido a grande paixão da vida de Stein" (Stein, 1990: 699).

O relacionamento de Stein com sua língua materna, a execução de sua realidade na página, é suprema quando se chega à consideração de seu legado poético. Como muitos críticos têm notado, depois do brilhante ensaio de Charles Bernstein, "Professing Stein", a língua norte-americana é uma segunda língua para ela, sua língua enquanto escritora é, até certo ponto, um idioma do qual ela se apropria e garante ao dirigir-se a si mesma nele em um país estrangeiro, no meio de falantes não-nativos. Bernstein consegue capturar e problematizar a experiência steiniana da opacidade do mundo amarrada à desafiadora e algo traiçoeira transparência da fala:

> Com a fala eu me sinto quase em casa, eu automaticamente traduzo cadeias de sons em cadeias de palavras com uma rapidez e uma segurança que tornam os sons transparentes — um truque conjuratório que é retardado por sotaques variantes e detido por línguas estrangeiras. Mas este efeito de transparência da linguagem pode ser menos uma propriedade intrínseca da fala que um sinal de nossa opacidade para o mundo transhumano, que também fala, se pudéssemos (re)aprender a ouvir, como têm argumentado escritores desde Henry David Thoreau em *Walden* até, mais recentemente, David Abram em *A magia do sensível*. (Bernstein, 1998: 19)

A luz cegante da linguagem

A opaca (mais que hermética) primeira linha/frase de *Tender Buttons* (1914) pode ser lida nesta cegante luz fenomenológica de percepção desde sempre atravessada pela marca, se não pela mancha, da fala: "Uma garrafa, que é um vidro cego." O sentido de visão, tão presente nas primeiras seções de *Tender Buttons*, particularmente em "Uma substância numa almofada" e em "Uma porção de café", afeta, determina e até mesmo contamina tudo o que vemos no livro. Provavelmente não é coincidência que a questão muito wittgensteiniana do nome das cores seja abordada, de modo oblíquo, por todo o percurso. Esta é a frase de abertura de "Uma caixa":

> Da bondade vem o rubor a e da rudeza vem rápido a mesma questão, de um olho vem a investigação e da seleção vem doloroso gado. Assim então a ordem é que um modo branco de ser redondo é algo sugerindo um alfinete e é isso frustrante, não é, é tão rudimentar ser analisado e ver uma fina substância estranhamente, é tão sincero ter um ponto verde não para ruborizar mas para apontar de novo. (Stein, 1991: 314)

A estranheza fenomenológica encontrada no mundano é na verdade parte e parcela de nossa condição linguística, nossa angustiante e revigorante alienação na linguagem que nos faz ver, ouvir, sentir, cheirar da maneira como fazemos. A palavra "garrafa" pode eventualmente ser aquela que cega nossa capacidade de ver, somente permitindo que vejamos através de seu espesso vidro acústico. De modo contrário, o mundo não nos permitirá ver através dele via linguagem. A transparência da linguagem é enganosa, dependente da suposição de que mundo e palavra estão sintonizados, que pode muito bem não ser o caso, como *Tender Buttons* sugere em seu relatório doméstico hermético e idiossincrático. A diferença está constantemente se espalhando à medida que a palavra steiniana segue em frente.

A linguagem não é um simples "meio" em Stein; o campo do referente, como argumentou Marjorie Perloff (1990: 155), não é simplesmente cancelado, como alguns de seus detratores podem ter argumentado. Realidade e referencialidade não são completamente recusadas, mas a maneira opaca da visão de Stein explica a distorção cegante de nosso aparato linguístico por meio do qual o real é incessante e inescapavelmente filtrado e transfigurado. Como Lyn Hejinian, de modo justo, sugere, "a natureza do real" depende da "exatidão da percepção, o problema da suscetibilidade da percepção à ilusão, e finalmente, a capacidade e a suficiência da arte de traduzir, transferir ou tornar-se, ela mesma, real" (Heijinian, 2000: 89).

A concepção e compreensão que Stein tem do real é, provavelmente, o que constitui sua contribuição genuína para a história das letras; o modo pelo qual ela pensa a linguagem como o meio e ambiente do real, o seu próprio *locus*, e consegue fazê-lo parecer real, aproximar sua realidade, seu realismo, tão real quanto a realidade da experiência doméstica, como a realidade da própria experiência. Em *The Language of Inquiry*, Lyn Hejinian (2000: 90) concebe a linguagem de Stein como "uma ordem da própria realidade e não um simples meio intermediário", e eloquentemente afirma: "que seja possível e bastante provável que alguém possa ter um confronto com uma árvore, cadeira, pinha, cachorro, bispo, piano, vinhedo, porta ou moeda".

Stein explora os poderes, sejam eles enganadores ou destruidores, daquilo que participa de nossa percepção do mundo, nossa linguagem, cuja existência e restrições tendemos a apagar na experiência do real. A importância da descrição nas obras de Stein não pode, portanto, ser subestimada, porque a descrição envolve nossa capacidade de colocar coisas em palavras, palavras em coisas, por assim dizer, para tornar nossas percepções em linguagem e, por fim, perceber que nossas percepções são compostas de frases — frases repetitivas, opacas, pesarosas ou alegres, mas ainda assim frases.

A própria literatura é concebida por Stein como reflexo e performance da experiência interior que a linguagem envolve, um estado puro de consciência: no início de sua palestra intitulada "O que é literatura inglesa", ela declara, abruptamente: "E assim meu negócio é como a literatura inglesa foi feita por dentro e como a literatura inglesa foi feita dentro de si própria" (Stein, 1998b: 197). O interior e a realidade não deveriam ser mantidos separados; "a diferença se espalha", os limites estão constantemente em risco, são borrados, se tornam indistintos. "Estados de consciência existem como frases completas, a topografia da consciência consiste de uma rica paisagem verbal. (...) Precisamos reconhecer nossa sensação de *de*, *se*, *o/a* e *algum* tanto quanto a de *árvore*, *fumaça*, *galpão* e *estrada*", afirma Lyn Hejinian.

A aluna mais brilhante de William James, na percepção dele, aprendeu a lição da primazia da experiência psicológica no processo cognitivo e criativo. Estados mentais que ela/os leitores atravessam podem ser interpretados como uma série de estados linguísticos cuja sucessão é sujeita a condições afetivas, sensoriais e sensuais: este tecido linguístico e fabricação de emoções encontra-se no coração da poética de Stein. A famosa frase sobre o uso do substantivo pode ser lida nesta luz: "A poesia se preocupa com usar e abusar, com perder com querer, com negar com evitar com adorar com restabelecer o substantivo. Ela está fazendo isso, fazendo isso e nada além disso. A poesia não está fazendo nada além de usar perder rejeitar e deleitar e trair e acariciar os substantivos. Isso é o que a poesia faz, é o que a poesia tem para fazer não importa que tipo de poesia seja" (Stein, 1998b: 327). Os efeitos da linguagem não são simplesmente agradáveis; as frases podem ser intoxicantes, esmagadoras. O motivo pelo qual Stein enaltece o parágrafo se relaciona intimamente com a experiência das frases, como ela deixa claro em "O que é a literatura inglesa": "Parágrafos são emocionais não porque expressam uma emoção mas porque eles registram ou limitam uma emoção" (Stein, 1998b: 218).

Em *The Principles of Psychology*, James insiste no valor essencial da emoção estética, a emoção que Stein confessa sentir ao escrever para ela mesma:

Devemos logo insistir que a emoção estética, pura e simples, o prazer que nos é dado por certos versos e massas, e combinações de cores e sons, é uma experiência totalmente sensorial, um sentimento ótico ou auditivo primário, e não devido à repercussão em retrospecto de outras sensações provocadas consecutivamente em outros lugares. A este prazer primário e imediato em certas sensações puras e suas combinações harmoniosas, podem ser, é verdade, somados prazeres secundários; e na satisfação prática de obras de arte pelas massas humanas estes prazeres secundários desempenham um grande papel. Quanto mais clássico for o gosto de alguém, contudo, menos relativamente importante são os prazeres secundários sentidos, em comparação àqueles da sensação primária à medida que ela aparece. O Classicismo e o Romantismo têm suas disputas em torno desta questão.

A reflexividade da escrita sustentada por Gertrude Stein em sua obra, quando ela declara, por exemplo, que escreve "para mim mesma e para estranhos" se origina deste núcleo estético derivado de "certos versos e massas, e combinações de cores e sons, [...] um sentimento ótico ou auditivo", para usar as palavras de James, uma experiência de auto-afeição transformada em princípio e prática poéticos.

A reflexividade poética da linguagem

O deslocamento metapoético natural da escrita steiniana não deve ser uma surpresa, já que está alinhado com seu sentido de experiência, sua realização da experiência linguística pelo que a linguagem é tanto objeto da experiência, sujeita à sua própria experiência, quanto o meio de toda experiência comunicável. A experiência poética como é concebida por ela é psicológica por definição, uma investigação na percepção, no que ela chama de "sentimento". Um texto como "Frases e parágrafos", com o subtítulo "Uma frase não é emocional um parágrafo é" se desdobra como uma instância de especulação linguística à guisa de um poema em prosa (Stein, 1975: 24). O gênero textual é — com exatidão — indefinível, oscilando entre uma *ars poetica* visionária e uma obra poética especulativa por mérito próprio, alternando frases curtas que podem ser lidas como versos e prosa poética em parágrafos mais longos, com uma quantidade notável de frases assertivas, previsíveis e gnômicas que soam contundentemente como afirmações proféticas: "A frase será salva."

Outra passagem de *How to Write*: "Agora tudo isso é frase imóvel. Parágrafos são imóveis por que vocês são ariscos? Mariscos são o que eles comem. Isto não é um parágrafo nem uma frase" (Stein, 1975: 28-29). Nesse caso emblemático da escrita de Stein, em que a reflexão poética em curso é precocemente interrompida por um trocadilho paronomástico, a ordem linguística é permeada pela emoção, a realidade exterior objetiva da reflexão contaminada por uma irreprimível associação acústica interior: "Parágrafos são imóveis por que vocês são ariscos? Mariscos são o que eles comem."

Se a frase é marcada como unidade poética, é porque o processo de construção frasal é inseparável do fluxo de consciência pelo qual ele passa a existir. Nossas emoções tomam forma de frases, gostemos ou não: "Essa é uma frase que surge no meio não no meio de outras coisas mas no meio da mesma coisa" (Stein, 1975: 31). Em "O que é literatura inglesa", ela prevê a hipótese da frase em termos historicamente determinados: "Então o que fizeram eles e gradualmente se você pensa como do século XVIII para o século XIX a língua gradualmente mudou você verá que você prosseguiu vivendo por frases, palavras já não viviam, frases e parágrafos era divisões porque eles sempre são mas eles não significavam particularmente muito, mas frases tornaram-se a coisa" por (Stein, 1998b: 215-216).

A dimensão metapoética da escrita steiniana, ao lado de seu estilo aforístico, resulta de seu empenho para capturar a formação das frases em curso. Stein procura comentar suas próprias frases à medida que elas se desdobram diante de seus olhos. Ao fazer isso, ela pretende capturar o que James chama "o campo instantâneo do presente": "O campo do presente é em todos os momentos aquilo que chamo de experiência 'pura'. Ainda é apenas virtual ou potencialmente tanto objeto ou sujeito. Por hora, é realidade ou existência singela e não qualificada, um simples *aquilo*" (James, 1987: 1151). *Aquilo*, o dêitico em itálico, é amplamente explorado em *Stanzas in Meditation*: "Isto que devo não pensar", diz um verso da Stanza 107 (Stein, 1998b: 107). O modo meditativo ou estrófico de Stein toma parte da mesma experiência de um processo criativo metalinguístico. A capacidade ou sustentabilidade metalinguísticas da linguagem, o fato de que a linguagem é naturalmente autorreflexiva, coincide com o presente puro da experiência: no presente puro da fala, da escrita, a linguagem reflete a si mesma ou é refletida. Na esteira da "filosofia da experiência pura" de William James (1987: 1180), Stein pretende pavimentar o caminho de uma escrita da experiência pura. Ela pretende focar sua atenção poética, em prosa e em verso, naquilo que Lyn Hejinian chama de "Coisas que acontecem dentro da escrita e lá são percebidas, não em outro lugar, externo a ela" (2000: 105). A expressão latina *in media res* é o que melhor poderia descrever a natureza da postura de Stein em relação à linguagem: falar implica navegar os perigos e o êxtase da linguagem como o meio inescapável e inevitável do ser, o que você gostaria de chamar, depois de Stein, de uma paisagem.

Fracasso da narrativa

O fracasso de Stein, seu desejo exagerado e objetivo e sua relutância em narrar, parece resultar de seu presente puro da experiência, sua experiência com o presente puro da experiência fenomenológica, o que ela chama de "um presente contínuo": "Veja há começo e nenhum final porque todo dia é o mesmo que é aquele todo dia não tem nada que ele tem acontecendo. Agora essa é a diferença entre existir e acontecer" (Stein, 1998b: 346). A narrativa é a filha da mímesis. Narrar é, de alguma maneira, representar, ordenar, ou seja, examinar atentamente, dar forma e contornos ao fluxo de consciência, o fluxo da experiência pura. A escrita de Stein faz uma performance da existência, existindo e está, portanto, não importa o quanto ela tenha tentado, dolorosamente narrando, representando a partir de um fluxo reconstruído, relembrado, reordenado.

Com lucidez Stein observou os motivos do fiasco de sua história policial:

> Tentei escrever uma bem não exatamente escrever uma porque tentar é gritar mas eu tentei mesmo escrever uma. Tinha um bom nome que era *Blood On The Dining Room Floor (Sangue no chão da sala de jantar)* e tudo tinha a ver com aquilo mas não tinha cadáver e a detecção era geral, tudo era muito claro na mi-

nha cabeça mas não ficou natural o problema foi que se tudo acontecia e tudo tinha acontecido então tinha-se que misturar tudo com outras coisas que tinham acontecido e afinal um romance ainda que seja uma história policial não deve misturar o que aconteceu com o acontecido, qualquer coisa que tenha acontecido é excitante o suficiente sem qualquer escrita, conte-a quantas vezes queira mas não a escreva como história. Entretanto eu a escrevi, era uma história policial tão boa mas ninguém fazia nada detetivesco além de apenas conversação assim no fim das contas não era uma história policial assim por fim concluí que muito embora Edgar Wallace de fato quase sempre escreva histórias policiais sem que ninguém faça nada detetivesco no todo uma história policial tem que ter um final algum minha história policial não tinha nenhum". (Stein: 1937)

Parte do problema de Stein com as narrativas reside na falta de um final, de uma fronteira claramente delimitada para o fluxo do que ela chama "conversação", uma limitação do entusiasmo disparado pela fala. Uma escrita que tenha a ver com existir não pode, ao mesmo tempo, estar envolvida com o acontecer. Na experiência pura, o que Gertrude Stein às vezes chama de "vida real" (Stein, 1998b: 347), não existe algo como um começo e um fim. A sua escrita da experiência pura acaba sendo incompatível com a mímesis, e incompatível com o que eu chamaria de possibilidade da narrativa: "Em um romance em uma peça não importa o que aconteça espera-se que nada será atenuado que cada minuto daquele romance tem um começo e um final que sempre cada personalidade que cada um tem haja um que ninguém pode jamais mudar para algo que ninguém pode recuperar" (Stein, 1998b: 346-347). Para Stein, escrever envolve ser; o ser não pode ser concebido sem a escrita, a escrita sendo uma experiência no ser, envolvendo um sentido de ser, a consciência e sentimento de se estar sendo no tempo. "Escrevo para mim e para estranhos. Esse é o único modo que sei fazer isso. Todo mundo é real para mim, todo mundo é como algum outro para mim. Ninguém dos que conheço pode querer saber isso e assim escrevo para mim e para estranhos" (Stein, 1966: 289). Neste excerto mais famoso, que é citado com frequência, mas quase sempre em sua versão abreviada e truncada, a consideração de Stein sobre sua prática poética deve ser tomada em seu valor nominal: "Este é o único modo que sei fazer isso". Ora o problema de Stein com a mímesis se torna muito claro ao final de sua palestra sobre narração, quando ela equipara narração com a destruição da existência: "É tudo algo muito curioso mas essa é uma história verídica sobre escrita jornalística e ficção policial apenas completamente o outro modo progride por um contínuo começar e terminar e uma vez mais portanto destrói a si próprio na não existência. Isso é muito ruim porque deveria ter sido sim deveria ter sido algo mas sempre começar e terminar é tão destrutivo para o existir quanto nunca começar e terminar" (Stein, 1998b: 350). À medida que ela entende isso e é desconcertada por isso, a concepção de ficção de Aristóteles refuta a ordem da experiência e o sentido da existência. Para se tornar um escritor de ficção, para escrever ficção, de acordo com o pai da poética ocidental, deve-se renunciar à própria natureza, aceitar destruir o real da vida para reconstruir o "ser" como "acontecer". E Stein não está preparada para evitar a vida, mesmo pela literatura.

A questão da contenção do entusiasmo do falante, uma questão que já abordei ao discutir os perigos da frase, acaba sendo um importante fator de impedimento na postura contraditória e no acesso algo bloqueado à narrativa por parte de Stein.

A linguagem, em Stein, opera sobre o gozo excessivo indireto. Na teoria lacaniana da *jouissance*, a *Ding* freudiana é revisitada enquanto o objeto perdido que deve ser continuamente reencontrado; é o Outro pré-histórico e inesquecível — em outras palavras, o objeto proibido do desejo incestuoso, a Mãe. Minha hipótese em relação à Stein frente à sua chamada "língua materna" é de que sua expatriação para a França pode ser interpretada como uma reunião transgressora com sua linguagem, ou seja, sua língua materna, deixando-a imune à interferência de muitos falantes, a necessidade de compartilhar a totalidade de sua linguagem com outros. O princípio do gozo é, como definido por Freud, a lei que mantém o sujeito a uma certa distância da Coisa, fazendo o sujeito circundá-la sem nunca alcançá-la. A Coisa é, então, apresentada ao sujeito como Bem Soberano. Mas se o sujeito transgride o princípio do gozo e alcança este Bem, ele/ela pode experimentar o sofrimento ou, como eu tendo a entender quando leio Stein, por entusiasmo, um entusiasmo excessivo e doloroso que é inseparável da experiência linguística, um entusiasmo devido ao fato de o sujeito não conseguir suportar o bem extremo que *das Ding* pode lhe trazer. É uma sorte, então, que a Coisa seja frequentemente inacessível, o que não é o caso na escrita de Gertrude Stein. Em sua terceira palestra, "Narration", comentando sobre o ofício do artista, ela declara:

> Eu disse que o ofício do artista é ser excitante e é seu ofício e ele é um artista não importa o que ele faça realmente faça é realmente excitante. Por excitante quero dizer que realmente faz algo para você realmente dentro de você. [...] O que é isso que é excitante, e como excitante pode ser consolador se parece excitação e é portanto consolador ou se é como se fosse excitante e é portanto consolador ou não consolador, todas essas coisas devem ser algo grande pense nisso se você quer entender qualquer coisa se eu quero entender qualquer coisa sobre escrita jornalística sobre qualquer escrita sobre qualquer coisa sendo ou não sendo escrita. (Stein, 1998b: 348)

Antin (pós Stein) sobre a narrativa

A liberação e reinvenção da escrita empreendida por Stein, junto com seu questionamento da possibilidade da narrativa, parecem ter desempenhado um papel principal na história das literaturas norte-americana e não americana e influenciado profundamente poetas norte-americanos e não americanos, e neste ponto penso sobre sua influência em poetas franceses como Jacques Roubaud, Claude Royer-Journoud e Dominique Hocquart, para citar apenas alguns. Os casos de sua marca em estilos poéticos singulares são tão numerosos que seria muito extenso e tedioso listar aqui. Permitam-me brevemente evocar o nome de David Antin, cujas famosas palestras, embora baseadas em narrativas, são implicitamente devedoras das querelas de Stein com a mímesis tradicional.

Em uma de suas improvisações, "The price" — improvisações são, me apresso em comentar, quase sempre construídas diegeticamente, como anedotas que se desenvolvem em histórias —, David Antin pondera sobre sua concepção e desejo irreprimível pela narrativa. Apesar do questionamento de Antin seguir seu próprio caminho, tomo as possibilidades e termos nos quais a questão é levantada, a retórica de sua articulação, para prestar uma homenagem implícita ao trabalho de Stein e sua reivindicação antimimética. A maneira de discursar de

Antin, seu estilo meditativo, a simplicidade retórica e a oralidade de sua dicção poética são reminiscentes das palestras de Stein: permitam-me citar "The price" (1986) brevemente:

> Claro que gosto de narrativa gosto de histórias tanto quanto qualquer um mas essa não é a razão pela qual eu as conto   pode ser isso uma das coisas que torna isso tolerável quando tenho que fazer isso é que eu quero fazer isso e gosto de fazer isso mas há algo mais é bastante evidente para mim que o self poderia não existir sem a narrativa [...] Resultou que havia muito escrito sobre narrativae a maioria é bem inteligente   mas muito pouco direto ao ponto sobre o qual eu gostaria de refletir que é como é possível imaginar que você pode continuar a responder a seu nome que é   de um modo sério   o u que você pode manter uma consciência continua e ter uma noção de seus limites   a menos que isso seja testado contra algo que se opõe e não é isso em outras palavras todos somos conhecidos por nomes sabemos nossos nomes nos sentamos atrás deles e respondemos a eles de um modo significativo eu tenho uma noção de quem somos e o que identificamos e o que não   e não teria essa noção a menos que uma série de experiências que pudessem nos convencer que somos a mesma pessoa que tinha feito isso ou tinha sido incapaz de fazer aquilo (...) (Antin, 1993: 94)

"Uma narrativa está no centro de minhas ideias sobre a estrutura do eu", declara Antin no prefácio à sua chamada "palestra" (1993: 92). Mesmo que o nome de Stein não seja mencionado nessa passagem, a sua concepção e sua dicção estão bastante manifestas por todo o trecho. A hipótese do nome em sua relação com a narrativa, que em Antin é mais do que um gênero, colocando em questão toda a sua poética e seu ser enquanto poeta/comunicador/artista da performance, está alinhada com a experiência metafísica de Stein do presente puro de escrever para si mesma como prova da existência de uma consciência contínua, da existência de uma consciência no tempo.

Concluirei dizendo que, para quem estuda Stein, ela se destaca — sem surpresa — como um mundo próprio. Mas, além mesmo do alcance da crítica, o legado de Stein constitui um mundo por mérito próprio, no qual as obras ressoam uma com a outra de maneira orgânica e conflituosa; os diferentes casos, modos, gêneros e estilos não são lidos apenas como uma sucessão de formas literárias, mas se relacionam, antagonizam e fazem sentido em um conjunto maior que eu chamaria de escrita steiniana. O que importa em Stein e com Stein não é tanto como ela se compara aos outros modernistas, mas sim como os seus diferentes estilos coabitam e diferem dentro da moldura de sua própria obra, como Marjorie Perloff (1990) argumenta de maneira bastante convincente em *Poetic Licence*. O quanto Stein difere de si mesma e em si mesma é, afinal, parafraseando suas últimas palavras, a resposta, ou talvez a pergunta.

Tradução de Bernardo B. Perin e Luci Collin

REFERÊNCIAS

ANTIN, David. *What it Means to be Avant-garde*. New York: New Directions Book, 1993.

ARISTÓTELES. *Poetics*. Trans. Malcom Heath. London: Penguin, 1996.

BERNSTEIN, Charles. *A Poetics*. Cambridge: Harvard UP, 1992.

______. (ed.) *Close Listening*. New York: Oxford UP, 1998.

FREUD, Sigmund. *The Uncanny*. Transl. David McLintock. London: Penguin, 2003.

GENETTE, Gérard. *Fiction and Diction*. Transl. Catherine Porter. Ithaca: Cornell UP, 1993.

HEJINIAN, Lyn. *The Language of Inquiry*. Berkeley: University of California Press, 2000.

JAMES, William. "Does Consciousness Exist?" *Writings (1902-1910)*. New York: Library of America, 1987.

______. "Psychology; Briefer Course". *Writings (1878-1899)*. New York: Library of America, 1992.

LACAN, Jacques. *The Seminar of Jacques Lacan:* The Ethics of Psychoanalysis (Vol. Book VII). Trans. Dennis Porter. New York: W.W. Norton & Company, 1997.

PERLOFF, Marjorie. *Poetic License.* Evanston: Northwestern UP, 1990.

QUATERMAIN, Peter. *Disjunctive Poetics.* Cambridge: Cambridge UP, 1992.

STEIN, Gertrude. "Why I like Detective Stories". *Harper's Bazaar* (London) (November 1937), 17. 2: 70, 104-106.

______. *The Making of Americans.* New York: Something Else Press, 1966, [1925].

______. *Everybody's Autobiography.* NY: Vintage, 1973 [1937].

______. *How to Write.* Mineola, N.Y.: Dover Publications Inc., 1975 [1931].

______. "Poetry and Grammar". *Lectures in America.* Londres: Virago Press, 1988.

______. *The Autobiography of Alice B. Toklas.* NY: Vintage Books, 1990 [1933].

______. *Tender Buttons.* Los Angeles: Sun & Moon Press, 1991 [1914].

______. *Writings 1903-1932.* New York: Library of America, 1998a.

______. *Writings 1932-1946.* New York: Library of America, 1998b.

______. *Geography and Plays.* Mineola, N.Y.: Dover Publications Inc., 1999 [1922] Mineola, N.Y.: Dover Publications Inc.

Uma rosa re-encarnada — Stein traduzindo Shakespeare

Luci Collin

A revolucionária Gertrude Stein (1874 – 1946), "Mãe do Modernismo" e que deixou órfã uma significativa prole, é uma escritora cuja obra — seja na prosa, na poesia, na dramaturgia e na ensaística — sempre se destacou por ser a sedimentação de uma postura estética profundamente séria e inovadora. Investigar que influências mais reverberam na produção de Stein é tarefa complexa, mas sabe-se, pela crítica e pela própria autora, que entre elas prevalecem duas: a de um escritor mais próximo a ela, que é Henry James (1843 – 1916), e a de um escritor mais afastado temporalmente, mas a quem Stein filiou-se, que é William Shakespeare (1564 – 1616), de quem ela se dizia herdeira imediata. Para horror de muitos críticos, que consideravam Stein — mulher, norte-americana expatriada, judia e homossexual — extremamente insolente, Stein expôs sua reverência pelo Bardo em comentários como este: "Pense na Bíblia e em Homero pense em Shakespeare e pense em mim" (Stein, 1995: 109). Ou, como nos confirma Grahan (1989: 05): "Ela se colocou, como figura literária, na companhia de homens que mais influenciaram a literatura Ocidental, Marcel Proust, William Shakespeare, Walt Whitman."

O que pretendemos aqui analisar é como, em sua obra, Gertrude Stein absorve e traduz a influência recebida de Shakespeare. Vale, contudo, esclarecer já de início que usamos livremente a palavra "tradução" enquanto "atualização", "releitura", "circulação", "modernização". Assim, como Stein traduz e recupera algo da voz de Shakespeare em seus próprios escritos literários?

Falácia intencional à parte, na *Autobiography of Alice B. Toklas*, Alice/Gertrude conta ao leitor que na biblioteca da família Stein havia a obra completa de Shakespeare:

> Na casa havia alguns romances desgarrados, alguns livros de viagem, os bem encadernados livros de presente de sua mãe, Wordsworth, Scott e outros poetas. O Pilgrim's Progress de Bunyan, uma coleção de Shakespeare com notas, Burns, Autos do Congresso, enciclopédias etc. Ela leu tudo e muitas vezes. (...) A partir de seus oito anos, quando absorveu Shakespeare, até seus quinze anos, quando leu Clarissa Harlowe, Fielding, Smollett etc., e costumava se preocupar que em poucos anos mais tivesse lido tudo e não lhe restasse nada não lido para ler, ela vivia continuamente com a língua inglesa. (Stein, 2009: 79)

Seguimos encontrando referências ao impacto que o escritor inglês teve como parâmetro formativo na educação de Stein. Um dos episódios mais reveladores, e que guarda até certo caráter jocoso é que, motivada pela leitura da obra shakespeariana, aos oito anos Stein escreveu uma peça na qual indicou, logo após o título: "À maneira de Shakespeare". Essa história é reproduzida em diversas entrevistas dadas por Stein ao longo de sua vida, e aparece no *Autobiography of Alice B. Toklas*: "Uma vez quando tinha por volta de oito anos e tentou escrever um drama shakespeariano em que chegou ao ponto de colocar uma rubrica cênica, os cortesãos fazendo observações inteligentes. E como não conseguia pensar em nenhuma observação inteligente ela desistiu" (Stein, 2009: 80).

Na juventude, em San Francisco, Gertrude Stein viveu um período marcado pela frequentação do teatro, no qual teve a oportunidade de assistir a várias peças de Shakespeare, como informa Brinnin (1987: 21):

> San Francisco era uma cidade da animação durante o período da adolescência de Gertrude. Os atores gostavam de ir até a Costa e, devido aos custos da viagem, uma vez que ali estavam, costumavam permanecer por um bom tempo. Muitas vezes Gertrude e seus irmãos podiam escolher seu entretenimento da noite entre grandes nomes como Edwin Booth, cujo Hamlet Gertrude relembrava "enormemente".

Também na Europa, para onde viajou em companhia do (então querido) irmão Leo, Gertrude Stein frequentou o teatro e aprofundou suas experiências de leitura, vendo como funcionam os textos no âmbito da encenação e, sobretudo, como a peça ao vivo, no palco, potencializa as características melódicas e rítmicas registradas no texto escrito. Em Londres, onde alugou um apartamento temporário com Leo, Stein relata que passava os dias no Museu Britânico, dedicando-se à leitura dos elisabetanos e, sobretudo de Shakespeare ("ela retoma seu velho amor por Shakespeare").

Em sua correspondência e em entrevistas, Stein cita a influência que recebeu de William Shakespeare e, inclusive, atribui a essa influência a descoberta e a elaboração de uma expressão técnica que cunharia — o "presente contínuo" —; ela enfatiza que Shakespeare lhe marcou principalmente pelo tratamento que ele conseguiu dar ao tempo em suas peças, acelerando ou retardando a ação de acordo com a necessidade da cena, desdobrando os eventos e apresentando-os sobrepostos temporalmente. Stein também menciona que releu as peças shakespearianas ao longo da vida, semanalmente. Sobre a rotina de Stein em seus últimos dias de vida sabemos que ela "ainda se levantava tarde, via-se às voltas com alguns afazeres domésticos que Alice julgava serem necessários, dedicava-se à leitura de uma peça de Shakespeare, passeava com os cachorros, e seguia com sua escrita e suas reflexões sobre o que a linguagem poderia dizer e fazer" (Brinnin, 1987: 374). Por fim, em seus ensaios, Stein por diversas vezes usa Shakespeare como exemplo em reflexões sobre literatura, criatividade e gênio e, ao longo da obra criativa de Stein há inúmeras alusões às peças (a Hamlet, por exemplo) e aos sonetos shakespearianos.

Entre as principais características da obra de Stein que indicam a influência de Shakespeare está o brincar com as palavras. Stein acreditava que cada novo período literário renova o sentido das palavras tomadas como entidades que remetem ao jogo — cada período traz um modelo ou padrão segundo o qual se pode "brincar" ou "jogar" com as palavras. A respeito dos elisabetanos, em *Narration — Four Lectures* (palestras proferidas em Chicago em 1935), ela comenta:

> Diz-se que nosso uso da língua inglesa tem alguma conexão com os Elisabetanos e isso tem sido dito porque naquela época a língua inglesa estava em mudança, as palavras eram elas mesmas e tendo sido descobertas e sendo excitante por estarem perto umas das outras estavam festiva e alegremente vivas e todos que

tivessem qualquer coisa a ver com elas sentiam dessa maneira em relação a elas (...) Os ingleses, de Chaucer aos Elisabetanos, brincaram com as palavras eles interminavelmente brincaram com as palavras porque era algo tão emocionante tê-las ali palavras que haviam se tornado as palavras que eles tinham acabado de usar então." (Stein, 2010: 13)

Conforme Stein, com os elisabetanos as palavras estavam em intenso movimento e, ao moverem-se, geravam mais movimento. O ponto alto da Literatura Inglesa se dá com a produção de Shakespeare, o ponto alto desta consciência das palavras como entidades tangíveis, flexíveis e móveis, quando Shakespeare "brincou" com as palavras e com os sentidos, e se divertiu. Stein seguiria esta premissa, esta condição essencial de "jogo" e de "brincadeira com as palavras" em toda sua obra. Cumpre ressaltar que, embora seja considerada uma escritora "experimental", essa instância de "jogo", da qual Stein se apropria a partir de sua admiração por Shakespeare, aparece em sua escritura enquanto fruto de muita reflexão ao longo dos anos em que se dedicou à literatura.

Dois Shakespeares?

O que apresentamos, na sequência, é uma preocupação crítica que Gertrude Stein teve em relação a distinções que marcam a produção shakespeariana. Depois de anos de estudo da obra de Shakespeare, Stein começa a formular questões a respeito das motivações que levam essa obra a ser escrita; como ela mesma nos explica no ensaio "Henry James":

> Claro que eu sempre conheci as peças de Shakespeare. De certo modo eu sempre conheci os sonetos de Shakespeare. Eles não tinham sido iguais. E isso de não serem iguais não se deve a eles serem diferentes em termos de forma ou de sua substância. Deve-se a alguma coisa a mais. Sobre essa alguma coisa a mais eu agora conheço tudo. Conheço agora mas como cheguei a conhecer isto? (Stein, 1971: 292)

Avançando em suas considerações, Stein afirma que se deve pensar a diferença entre as peças e os sonetos de Shakespeare:

> As peças de Shakespeare foram escritas, os sonetos também foram escritos. Peças e sonetos de Shakespeare. Sonetos de Shakespeare e Before the Flowers of Friendship Faded Friendship Faded [Antes de as Flores da Afeição Fenecerem a Afeição Feneceu]. Agora este é o ponto. Em ambos os casos eles não foram como se eles tivessem sido escritos mas como se eles estivessem para ser escritos. Essa é a diferença entre as peças de Shakespeare e os sonetos de Shakespeare, as peças de Shakespeare foram escritas como elas foram escritas. Os sonetos de Shakespeare foram escritos como eles estivessem para ser escritos. (Stein, 1971: 293)

E então a escritora chega a levantar a polêmica questão sugerindo que, com base na gênese das peças e na gênese dos sonetos, há como que dois Shakespeares, duas vozes shakespearianas diferenciáveis:

> Shakespeare fez isso. Ele escreveu de ambos os modos. Ele escreveu como ele escreveu e ele escreveu como ele estava para escrever. Um modo é o modo pelo qual Shakespeare escreveu quando ele escreveu suas peças, o outro modo é o modo pelo qual ele escreveu quando escreveu seus sonetos, e as palavras uma após a outra próximas umas às outras são diferentes nos dois diferentes modos. (Stein, 1971: 304)

Por anos, Stein seria severamente criticada por essas colocações. No entanto, para ser entendido, esse assunto carece de uma contextualização mais detalhada. Stein começou a refletir sobre a problemática da identidade do escritor a partir de uma experiência pessoal, quando a mesma estava, concomitantemente, escrevendo "Before the Flowers of Friendship Faded Frindship Faded" (publicado em 1931 pela Plain Editions) e traduzindo (ou adaptando, como ela preferia dizer) o poema "Enfances", do escritor francês surrealista George Hugnet; na ocasião, dividida entre dois tipos de estímulos criativos, ela passou a refletir sobre sua própria condição de criadora. Dydo & Rice (2003: 278) explicam esse momento da experiência perceptiva de Stein:

> Entre 1927 e 1931, entretanto, a relação com Hugnet não produziu apenas o retrato dele, mas deu início a ideias, eventos e obras que devem ser consideradas em conjunto para que o retrato e os textos relacionados a ele possam ser apreendidos. As preocupações posteriores dela [Stein] com escrever para uma plateia e sua distinção entre as peças de Shakespeare e os sonetos de Shakespeare também emergiram dessa experiência com Hugnet.

Buscando aprofundar essa questão dos dois tipos de escrita em Shakespeare, Stein a teorizou no aqui citado ensaio sobre Henry James, em que ela usa Shakespeare para ilustrar suas ponderações sobre o embate entre escrever genuinamente (ainda que com ambiguidade, de modo inacabado e irregular) versus escrever por demanda (seguindo um modelo). Para Stein, a primeira experiência gera uma escrita viva e espontânea, ao passo que a segunda, gera uma escrita planejada com antecipação e, portanto, com menos frescor e com menor vibração emocional. Assim, em relação às peças de Shakespeare, Stein as considera uma criação livre, própria do autor, com linguagem e forma mais fluidas e escritas sob um impulso puramente criativo, em contraste com os seus sonetos, escritos sob encomenda e, portanto, textos que expressam a voz e as convicções de outro alguém (como é o caso dos sonetos dedicados ao "belo jovem").

Segundo Stein, na obra de Shakespeare há dois modos de escrita que, embora ocorram de maneira simultânea, são radicalmente diferentes: escrever como obrigação, seguindo as convenções formais e temáticas da época — quando o escritor inglês recebeu a incumbência de "forjar" uma persona dependendo da situação, e escrever espontaneamente, de modo mais livre das convenções. Stein avança neste pensamento evidenciando que Shakespeare, como autor máximo, escolheu ambos os caminhos, o estratégico e o tático, como o fazem os generais. Dydo & Rice (2003: 586) esclarecem essas perspectivas trazidas por Stein:

> Ela descobre na obra de Shakespeare dois modos radicalmente diferentes de escrita: escrever a pedido, preso às convenções, como nos sonetos, e escrever espontaneamente, livre das convenções, como nas peças. (...) Ela diz que as diferenças na emoção e na tensão dos dois modos pode ser ouvida no som da escrita. Ela não está escrevendo um estudo sobre Shakespeare e sim usando-o para ilustrar sua própria experiência, que recebe uma grandiosidade adicional com essa ilustração. (...) Alguns leitores consideram seu uso de Shakespeare tanto inexato quanto arrogante, mas Shakespeare é adequado ao tópico dela sobre o gênio e a permite explorar seu próprio caso.

Gertrude Stein transforma a própria experiência da tradução/adaptação do texto de Hugnet em uma experiência reflexiva sobre a condição de criar, usando Shakespeare para ilustrar importantes noções sobre o fazer literário. O que se extrai de revelador dessa comparação é que o escritor deve, sendo possível, seguir seus impulsos e percepções, e deixar-se encantar pelas palavras em liberdade. Ressaltemos, contudo, que em seu ensaio Stein não tem a intenção de atacar os escritores que escrevem sob encomenda, apenas aborda como se dá a experiência criativa do autor que escreve sob algum tipo de pressão. É curioso lembrar que essa questão está na gênese da *Autobiography of Alice B. Toklas*, obra que projetaria internacionalmente o nome de Stein, e ali culmina: nesse livro, cansada da invisibilidade de sua produção considerada hermética, Stein deliberadamente busca a fama, escreve um livro "de fofocas" em que, de modo estratégico, apaga sua própria identidade ou voz. Observe-se ainda que, paralelamente ao livro que a popularizaria, Stein compôs aquela que é considerada sua obra mais importante, o *Stanzas in meditation*. Vemos assim que a própria Stein esteve na situação de ter que, com o *Autobiografia*, criar para agradar ao público leitor mas, ao mesmo tempo pode, com o *Stanzas*, criar de modo espontâneo desenvolvendo, também ela, dois tipos de "vozes" literárias.

Parecença, presentificação e identidade

Em sua obra Shakespeare eternizou a questão da relação entre nomeação e identidade da coisa. Quando, no Ato II, Cena II de *Romeu e Julieta*, temos

> Romeu:
> (...)
> O que é um nome? O que chamamos rosa
> Teria o mesmo cheiro com outro nome;
> (Shakespeare, 2011: 45)

Shakespeare está levantando a condição da identidade da coisa: a rosa, tendo outro nome, seria diferente? É, pois, a nomeação que cria a identidade?

Muitos poetas, ao longo de gerações, recuperaram e aprofundaram essa preocupação filosófica que a rosa-entidade suscita. Do poema “The Sick Rose”, de William Blake (“O Rose thou art sick”) à rosa almiscarada de John Keats (“I saw the sweetest flower wild nature yields,/ A fresh-blown musk-rose”) e, então, ao simbolismo da rosa explorado por William Butler Yeats (“Red Rose, proud Rose, sad Rose of all my days!”); e a profusão de rosas segue entre os modernistas com William Carlos Williams (“The rose is obsolete/but each petal ends in/an edge”), T. S. Eliot (“Into the rose-garden. My words echo/ Thus, in your mind.”), H. D. e seu poema “Rosa do mar” (“Rose, harsh rose,/ marred and with stint of petals,”), e. e. cummings (“the rose/is dying the/lips of an old man murder”), Ezra Pound (“As roses might, in magic amber laid,/ Red overwrought with orange and all made/ One substance and one colour/ Braving time”). No entanto, entre todas as rosas modernistas, indubitavelmente nenhuma teve tamanho impacto quanto a rosa steiniana, dos seguintes versos do poema “Sacred Emily“ (escrito em 1913 e publicado em 1922):

> Rosa é uma rosa é uma rosa é uma rosa.
> Encanto extremo.
> Polainas extras.
> Encanto extremo.
> Mais doce sorvete.
> Pajens eras pajem eras pajem eras.
> Apagado apagado aramado aramado.
> Mais doce que pêssegos e pêras e creme.
> Apagado aramado apagado aramado.
> Extra extremo.
>
> (Stein, 1993: 187)

Por meio desta técnica de insistência (atentemos para o fato de que insistência, como teorizou Stein, não é “repetição”) a escritora aplicava seu conceito de “presentificação”: em sua escrita ela não tentava reproduzir as características dos personagens, dos objetos ou dos lugares através da descrição linear. Seu texto focaliza a essência da figura retratada e não seus detalhes decorativos enumerados via descrição naturalista — é um princípio de se “chamar sem nomear”. Stein não está interessada em criar “parecença” — ela abala os determinantes referenciais, os quais seguimos mecanicamente sem nenhum tipo de questionamento. Assim, Stein “compõe” ou “constrói” a frase abrindo-a a outras combinações. (E se a primeira “rose” for o nome de uma pessoa?). Por meio da “rosa é uma rosa é uma rosa” Gertrude Stein coloca a rosa enquanto rosa na escrita e na leitura, o verso condensa a relação multisignificante com o objeto no mundo moderno e fragmentado. Como nos explica Stein em seu ensaio “Poetry and Grammar” (1930):

> Quando eu disse Uma rosa é uma rosa é uma rosa é uma rosa. E então transformei isto em um círculo eu fiz poesia e o que eu fiz? Eu acariciei completamente acariciei e me dirigi a um substantivo. (...) Eu disse que um substantive é um nome de algo por definição que é o que aquilo é e um nome de algo não é interessante porque uma vez que você conheça o nome daquilo o prazer de nomeá-lo terminou e portanto ao escrever prosa nomes ou seja substantivos são completamente desinteressantes. Mas e isso é uma coisa a ser relembrada você pode amar um nome e se você ama um nome então dizer aquele nome qualquer número de vezes somente o faz amá-lo mais, mais violentamente mais persistentemente mais aflitivamente. Todo mundo sabe como alguém chama o nome de alguém que se ama. E assim isso é poesia realmente amar o nome de algo e isso não é prosa. (Stein, 1971: 138-139)

Recuperando a preocupação filosófica da rosa original de Shakespeare, Stein atualiza a rosa, opera uma “tradução” da preocupação com a presentificação e nos apresenta uma versão contextualizada no Modernismo, uma versão que é um exemplo do “brincar” com as palavras, principalmente com os substantivos. A rosa de Stein suscita uma reflexão intensa, toda uma revisão da relação nome-coisa-características antes levantada por Shakespeare. Por meio da rosa que é uma rosa, apresentando a perspectiva da circularidade, do retorno à coisa em si, Stein efetua uma crítica à forma linear de se compor textos com linhas que se fundamentam em similaridades supostamente construídas pela descrição causal e sequencial. O círculo indica que o texto deve se desenvolver em anéis de diferenças (e não de similaridades). O fato de se usar o nome da coisa — rosa — já invoca a imagem e as emoções associadas a esta coisa. Quando os Românticos usaram “rosa”, esta palavra tinha uma relação mais direta com a rosa real. No Modernismo, na esteira das noções de tradição também discutidas por T. S. Eliot, a palavra “rosa” se refere à rosa real, mas também implica, pelos usos da palavra rosa, os elementos marcados pelo uso de “rosa” nos períodos anteriores, por exemplo, na era Romântica; assim se pode retraçar o caminho pelo qual se firmam as relações históricas e filosóficas entre as rosas presentificadas até Shakespeare.

Como gostais

Entre todas as peças de Shakespeare possivelmente a que mais marcou Gertrude Stein foi a comédia *As you like it* (em português, *Como lhe aprouver*, *Como gostais* ou ainda, *Do jeito que você gosta*), texto de teor altamente crítico que apresenta a noção de amor/romance pastoral, a sociedade urbana em contraponto ao cenário rural como crítica às obrigações da sociedade e às práticas sociais que geram injustiças e infelicidade. Em relação à linguagem, nessa peça o dramaturgo subverte a tradição, uma vez que, além de fazer uso da prosa em alguns trechos, também evita ornamentos. Em mais da metade da peça, Shakespeare usa prosa em detrimento do verso. A convenção dramática da época determinava que os personagens da corte usassem o verso e que os personagens do povo usassem a prosa, mas em *As You Like It* esta convenção é deliberadamente revertida. Por exemplo, no trecho em que Rosalinda, embora seja filha do Duque e se comporte de uma maneira sofisticada, na realidade fala em prosa — artifício usado para caracterizá-la e expressar sua personalidade direta; também as cenas de amor entre ela e Orlando são em prosa.

Essa peça teve um interesse especial para Stein porque apresenta temas caros a ela, como a noção de identidade e do disfarce; na peça alguém se passa por outro alguém e há uma liberdade no assumir outra identidade. Há também o *cross-dressing* (as personagens mudam de gênero), a tematização do amor manifestado de várias formas (amor à primeira vista, amor homossexual) e a paródia do amor romântico. Por fim, sempre agradou a Stein o foco que a peça de Shakespeare mantém na natureza teatral da vida; para ela, um elemento marcante de *As you like it* é a apresentação do mundo como um palco, da existência humana como representação. Temos na peça, no Ato II, Cena VII, o famoso monólogo de Jaques:

> O mundo inteiro é um palco, e todos os homens e mulheres, apenas atores. Eles saem de cena e entram em cena, e cada homem a seu tempo representa muitos papéis, suas sete idades em sete atos. (...)
>
> (Shakespeare, s/d: 10)

Também a questão do jogo, embutida já no título da peça, é sobremaneira relevante. O título, *As You Like It*, nos remete às diversas possibilidades interpretativas da peça e se desdobra em pelo menos duas combinações distintas: a) "Conforme lhe aprouver" e, b) "Como você /(sendo) como isto" (As you/like it), quase que uma fórmula do fazer literário steiniano e seu comprometimento com as ideias de presentificação. A palavra "like" está aberta para o jogo: gostar disto que está aqui, gostar dela, gostar de alguma coisa, gostar de fazer algo e também "like" na função de preposição e conjunção ("assim como").

Igualmente notório é o emprego da metalinguagem; no epílogo de *As you like it*, Rosalinda se dirige à plateia e comenta a peça que foi assistida; ela dá a cada espectador o direito de gostar da peça quanto quiser; o público pode gostar ou não, sob as condições de uma obra aberta: 87

> Rosalinda
>
> (...) Delego a vocês, ó mulheres, pelo amor que têm aos homens, gostar desta peça tanto quanto for do seu agrado. E delego a vocês, ó homens, pelo amor que têm às mulheres (e já percebo no sorrisinho de vocês que nenhum aqui detesta mulher), que possam dizer, entre vocês e elas, que a peça agradou.
>
> (Shakespeare, s/d: epílogo)

Sobre *As you like it*, Gertrude Stein comentou: "Sempre me impressionou muito desde que eu era muito jovem e me disseram isto e então depois sentindo isto por mim mesma que Shakespeare na floresta de Arden havia criado uma floresta sem mencionar as coisas que fazem uma floresta. Você sente isso tudo isto mas ele não nomeia os seus nomes (Stein, 1971: 141-142). De fato, em sua obra Stein constrói um sistema de escrita em que as palavras parecem habitar a floresta encantada da peça de Shakespeare, em que as figuras se encontram e se desencontram, se juntam e se separam, casamentos são feitos e desfeitos, identidades mudam naturalmente. Esta fluidez de sentidos é preciosa para Stein e a estimula a experimentar com estes elementos que libertam a palavra de suas referencialidades específicas. Conforme Dydo & Rice (2003: 269): "Os nomes como as palavras podem ser movidos e compostos livremente ao invés de estarem de acordo com a representação de pessoas e significados". Os textos de Stein estão sempre em movimento, investem em uma linguagem onde nada é absoluto, onde não há hierarquias a serem respeitadas, onde os papeis e identidades oscilam, mudam e refazem os sentidos livremente.

Stanzos, Stanzas

As you like it segue sendo essencial para a abordagem de nosso último tópico, que é o livro *Stanzas in Meditation*; desta peça apontamos, em especial, a Cena V do Segundo Ato, em que temos dois pontos bastante reveladores: primeiramente, o uso da palavra do inglês arcaico stanzos ("stanzas", em inglês e, na tradução para o português, "estrofes") e, em segundo lugar, o personagem Jaques afirmando que não se importa com os nomes dados às coisas:

> Amiens [canta]
>
> Lá na sombra da floresta
> Quem quer se deitar comigo?
> Fazer da minha seresta
> Gorjeio de pássaro antigo?
> (...)
>
> Jaques – Mais uma, mais uma, por favor.
> (...)
>
> Amiens – Está rouca a minha voz, e temo não agradar.
>
> Jaques – Não quero que tua voz me agrade; quero que cantes. Não sendo uma dívida, a mim eles nada devem. Tu cantarás? Mais uma, por favor. Pelo menos uma estrofe. É esse o nome? Estrofes?
> Amiens – Como o senhor desejar, Monsieur Jaques.
>
> Jaques – Não, pouco me importa quais os nomes das coisas. Nada devem a mim. Cantarás?

A leitura deste trecho imediatamente nos remete às *Stanzas in meditation* de Gertrude Stein; escrito em 1932-33 (publicado em 1950 pela Yale University Press), o livro é uma coleção de 200 sonetos que funcionam como "cançonetas" de intensa sonoridade, e representam um experimento extremo com o abstrato. *Stanzas in meditation* é tido como o mais complexo livro de toda a vasta produção de Stein, considerado pela crítica o experimento mais radical e rigoroso da autora em termos de abstração linguística. Segundo Hejinian (2000: 364), "é impossível 'explicar' *Stanzas in Meditation*. Não porque o significado esteja ausente ou seja irrelevante para o gosto usual mas, ao contrário, precisamente porque é inerente ao livro — é idêntico a ele".

Aqui reproduzimos a Estrofe XII da Parte 2:

> Uma afortunada com rosas é afortunada com duas
> E ela estará quase certa
> Que eles pensam que é certo
> Que ela agora está bem ciente
> Que eles teriam sido nomeados
> Não tivessem seus rótulos sido retirados
> Para dar espaço para ali colocar
> Quanto mais isso precisa se não só isso precisa mais então
> Do que o que eles se tornaram
> (Stein, 1998: 33)

Essas estrofes meditativas produzem, o tempo todo, uma série de contrastes, uma vertiginosa movimentação entre a realidade interior e a realidade exterior, promovendo uma interpretação baseada não no julgamento dualista, maniqueísta ou polarizante, mas no devaneio sobre a própria existência. As estrofes são instâncias filosóficas que estimulam a experiência de se pensar sobre elementos disruptivos da realidade, como a improbabilidade de certas combinações, de certas identidades e até mesmo de certas existências. É o jogo contínuo a partir da nomeação difusa e a partir das conjunções de possibilidades às quais as palavras vão se abrindo. Inspirada na peça *As you like it*, essa obra de Stein é a expressão máxima de experimentação com sonoridade e com os jogos de sentidos, as estrofes misturam afirmações, dúvidas, questionamentos, disfarces. As identidades mudam, bem como os nomes para as coisas mudam. Toda a coleção de poemas remete o leitor a uma outra atmosfera que não a real. Uma atmosfera da Floresta de Arden, onde Jacques se deleita com os "stanzos" cantados.

De fato, *As you like it* reverbera por toda a coleção de stanzas, ecoa — a brincadeira/jogo entre "like" e "it" percorre muitos versos das Stanzas, bem como a questão da nomeação das coisas. Não há alusões diretas à linguagem e à musicalidade de Shakespeare, mas estas podem ser percebidas ao longo de todo o livro. Foram absorvidas por Stein. É o princípio anunciado por Jaques no excerto apresentado acima, quando ele diz "pouco me importa quais os nomes das coisas".

Para concluir, deixamos que a própria Stein nos conte de sua percepção das potencialidades do mecanismo de nomeação: "Agora isto era uma coisa que eu também senti em mim a necessidade de fazer isto ser uma coisa que poderia ser nomeado sem usar o seu nome. Afinal por tanto tempo se soube seu nome o nome de qualquer coisa, e por isso o nome não era novo mas a coisa estando viva era sempre nova. O que havia para fazer" (Stein, 1971: 141-142). Vemos que, ao desestabilizar as noções de linearidade e nomeação, Gertrude Stein nos coloca sob o impacto do jogo em que nada é absoluto; as regras a serem seguidas são aquelas da mudança, do fazer-desfazer em liberdade, do âmbito filosófico que revela a diversão.

Ao colocar a rosa de Shakespeare no presente e reencarná-la, Stein logra multiplicá-la enquanto rosa-coisa sempre outra vez. E é assim que Stein traduz Shakespeare para nós.

REFERÊNCIAS

BRINNIN, John Malcolm. *The third rose – Gertrude Stein and her world.* New York: Addison-Wesley Publishing Co., 1987.

DYDO, Ulla e RICE, William. *Gertrude Stein: The language that rises – 1923 – 1934.* USA: Northwestern University Press, 2003.

GRAHN, Judy. *Really reading Gertrude Stein – A selected anthology with essays.* California: The Crossing Press, 1989.

HEJINIAN, Lyn. *The language of Inquiry*. Berkeley: University of California Press, 2000.

HOBHOUSE, Janet. *Everybody who was anybody, a biography of Gertrude Stein*. New York: G. P. Putnam's Sons, 1975.

RUDDICK, Lisa. *Reading Gertrude Stein – Body, Text, Gnosis*. US: Cornell University Press, 1990.

SHAKESPEARE, William. *Romeu e Julieta*. Rio de Janeiro: Nova Fronteira, 2011 (Saraiva de Bolso). Tradução e introdução de Bárbara Heliodora.

______. *Como gostais*. L& PM E-books. Sem data. Tradução, apresentação e notas de Beatriz Viégas-Faria.

STEIN, Gertrude. *Look at me now and here I am – Writings and Lectures 1909-45*. Edited by Patricia Meyerowitz. England: Penguin, 1971.

______. *Geography and Plays*. Madison: The University of Winsconsin Press, 1993.

______. *The Geographical History of America*. USA: Johns Hopkins University Press, 1995.

______. *Gertrude Stein Writings 1932 – 1946*. New York: The Library of America, 1998.

______. *A autobiografia de Alice B. Toklas*. São Paulo: Cosac Naify, 2009. Tradução José Rubens Siqueira.

______. *Narration: Four Lectures*. Forword by Liesl M. Olson. Chicago: University of Chicago Press, 2010.

Gertrude Stein e a vanguarda para crianças

Dirce Waltrick do Amarante

Talvez a faceta menos conhecida de Gertrude Stein seja a de escritora de literatura infantil e juvenil. Mas, Stein, em determinado momento de sua carreira, se dedicou a escrever para as crianças. Na verdade, escreveu dois livros: *The world is round*, escrito em 1938 e publicado em 1939; e *To Do: A Book of Alphabets and Birthdays*, de 1940.

Essa inserção no mundo da literatura infantil e juvenil parece ter sido recorrente entre os vanguardistas. O irlandês James Joyce deixou dois contos em cartas para o seu neto Stephen Joyce; o russo Daniil Kharms escreveu muitos contos que foram publicados em revistas para os pequenos leitores; o norte-americano E. E. Cummnings escreveu alguns contos de fadas para a sua filha que ele veio a conhecer depois de velho; Eugène Ionesco escreveu cinco histórias absurdas também para a sua filha, Marie France. Muitos outros escritores engrossam essa lista e não pense o leitor que irá encontrar nessas obras para os pequenos um estilo muito diferente daquele de suas obras para os adultos.

Vindos de Gertrude Stein, portanto, não se deve esperar que esses sejam livros convencionais. Isso não significa, contudo, que as crianças não tenham condições de usufrui-los, ainda que exijam delas uma boa dose de imaginação e curiosidade, que elas têm de sobra, ainda que os adultos as tolham.

Num ensaio intitulado "Sobre a gênese da burrice", Theodor Adorno e Max Horkheimer comparam a inteligência a uma antena de caracol, que diante de um obstáculo, ou do desconhecido, recolhe-se ao abrigo protetor do corpo. Depois, ao ganhar novamente confiança, voltará a se expor hesitantemente. Os pensadores afirmam que o começo da vida intelectual é obscuro e complexo, mas precisamos nos expor a ela para que nossas antenas não atrofiem.

Poder-se-ia comparar as crianças a esses caracóis com antenas delicadas, curiosos, mas ainda tímidos e confusos, os quais precisam de incentivo e estímulo para ganhar confiança e ter os "músculos" de suas antenas/inteligência fortalecidos.

No campo da literatura, os textos de vanguarda são obstáculos que deveríamos aprender desde pequenos a atravessar e, aos poucos, começar a sentir prazer nisso.

Muitas vezes, os críticos se perguntam se os mencionados livros de Stein seriam, de fato, para crianças, uma vez que a sua linguagem radical afastaria até os leitores mais experientes.

Thacher Hurt, no prefácio da edição americana de *The world is round*, conta que, aos dez anos, quando leu o livro pela primeira vez, sentiu uma certa dificuldade em relação a sua linguagem, mas logo a dificuldade deu lugar ao seu poder encantatório. Assim começa *The world is round*:

ROSE IS A ROSE

Once upon a time the world was round and you could go on it around and around.

Everywhere there was somewhere and everywhere there were men women children dogs cows wild pigs little rabbits cats lizards and animals. That is the way it was. And everybody dogs cats sheeps rabbits and lizards and children all wanted to tell everybody all about it and they wanted to tell all about themselves.

And then there was Rose.

Rose was her name and would she have been rose if her name had not been Rose. She used to think and then she used to think again.

ROSA É UMA ROSA

Certa vez o mundo foi redondo e você podia dar voltas e voltas nele.

Por todo lado havia um lado e por todo lado lá havia homens mulheres crianças cachorros vacas porcos selvagens coelhinhos gatos lagartos e animais. Era assim que era. E todos os cachorros gatos ovelhas coelhos lagartos e crianças queriam contar para todos tudo sobre isso e eles queriam contar tudo sobre eles mesmos.

E então tinha Rosa.

Rosa era seu nome e será que ela teria sido Rosa se seu nome não fosse Rosa. Ela costumava pensar e então ela costumava pensar de novo.[28]

---

28 Tradução minha.

Embora *The world is round* seja um livro excepcional, destacarei, neste capítulo, o livro *To do: A Book of Alphabets and Birthdays*, uma vez que, nos últimos meses, Luci Collin e eu nos dedicamos a sua tradução para o português, mas, obviamente, não só por isso. Escolhemos traduzir primeiro esse livro, pois acreditamos que se trata de uma boa introdução de Stein para crianças e talvez seja um texto com o qual elas se identifiquem imediatamente; afinal, todas elas conhecem o alfabeto e todas já festejaram um aniversário. A propósito do abecedário, ele é um procedimento frequente e tradicional na literatura para crianças:

Alphabets and names make games and everybody has a name and all the same they have in a way to have a birthday.

The thing to do is to think of names.

Names will do.

Mildew.

And you have to think of alphabets too, without an alphabet well without names where are you, and birthdays are very favorable too, otherwise who are you.

Everything begins with A.

Com alfabetos e nomes se pode jogar e sempre se tem um nome e todo nome tem é claro também um aniversário para festejar.

Deve-se pensar bem pensado em cada nome a ser dado.

Nomes a serem dados.

Míldio.

E você tem que pensar ainda nos alfabetos, um alfabeto e um nome são bens e não se pode ir além, e os aniversários são importantes, para saber quem é quem.

Tudo começa com A.[29]

Se a identificação é, provavelmente, imediata, a compreensão do texto de Stein exige do leitor, mirim ou não, um pouco mais, pois há passagens bastante intrincadas, como esta a seguir:

29 Citações de Stein (2017) com traduções de Dirce Waltrick do Amarante e Luci Collin.

Active is the name of a horse.

Everybody has forgotten what horses are.

What horses are.

What are horses.

Horses are animals were animals with a mane and a tail ears hoofs a head and teeth and shoes if they are put upon them.

If they are put upon them and then the horses lose them and if any one finds them and keeps them, he has lots of good luck. But now everybody has forgotten what horses are and what horse-shoes are and what horse-shoe nails are everybody has forgotten what horses are, but anyway one day, Active is the name of a horse, a nice horse.

He had a birthday he was born on that day so everybody knew just how old he was, he was born on the thirty-first of May on that day, and then he began to say he was not born on that day he was he began to say he was born on the thirty-first of June, and that was none too soon. He liked to be born later every day. Well anyway, there he was and Active was his name, it was his name now but it had not always been, it had once been Kiki, not that he ever kicked not he and he used then to pull a milk-wagon. Then the war came, Kiki was twenty, twenty is awful old for a horse but Kiki had always had plenty, so even at twenty he was young and tender and pretty slender.

Ativo é o nome de um cavalo.

Todo mundo esqueceu o que são os cavalos.

O que são cavalos.

O que os cavalos são.

Cavalos são animais com uma crina e um rabo orelhas cascos uma cabeça e dentes e ferraduras se as colocam neles.

Se as colocam neles e se eles as perdem e se alguém as acha e as guarda, eles têm muita sorte. Mas agora todo mundo esqueceu o que são os cavalos e o que são ferraduras e o que são cravos para ferraduras todo mundo esqueceu o que os cavalos são, mas o que de fato interessaria era saber que um dia, Ativo foi o nome de um cavalo, um belo cavalo

Ele fazia aniversário nesse dia ele fazia então todo mundo sabia quantos anos ele tinha, ele nasceu no dia trinta e um de maio bem nesse dia, mas ele dizia que não havia nascido nesse dia, ele dizia que o certo era em junho, no dia trinta e um, e que não era antes disso de jeito nenhum. Todo dia ele queria nascer mais tarde. Bem, era assim que ele era e Ativo era o seu nome, era o seu nome por hora, mas nem sempre foi assim, ele já foi Coice, não que ele já tenha coiceado não e ele costumava puxar uma carroça de leite. Até que a guerra veio, Coice tinha vinte anos, vinte anos é uma péssima idade para um cavalo mas Coice tinha sempre e bem contente, daí que até mesmo com vinte anos ele era jovem, carinhoso e bem garboso.

So the soldiers came along and they thought he was young and strong and they took him along and everybody was crying and the milk was drying, but they did take Kiki along and he was he was old but he was young and strong.

Then nobody knew where he was, and he was no he was not gone away nor did he stay but he was at the front where there was shooting and he was pulling a little cannon along, and they did not know his name but he was so young and strong they called him Active and he always came right along he and his little cannon. And somebody wrote to him and he answered I have a very nice man, and they sent the very nice man chocolate and everything so he would give Active some, and he did and everybody liked everything even the little cannon that Active was pulling. That is the way it was. And so Active went right along and some one said to him if you make believe you are not well they will send you home. Can I take my little cannon said Active I like it better than a milkwagon, I like being Active better than Kiki who was never kicking. I guess I will stay where I am, Active was answering.

Daí os soldados apareceram e pensaram que ele era jovem e potente e o levaram dali para frente e todo mundo chorava e o leite secava, mas não levaram o Coice dali para frente e ele não era velho mas jovem e potente.

Então ninguém sabia onde ele estava e ele não ele não foi embora nem ficou mas estava no front onde havia tiroteio e carregava um pequeno morteiro e eles não sabiam o seu nome mas ele era jovem e potente eles o chamavam de Ativo e ele sempre ia na frente ele e seu pequeno morteiro. E alguém escreveu para ele e ele respondeu que estava com um homem bom e eles mandaram chocolate e um monte de coisas para o homem bom então ele daria um pouco para o Ativo e ele deu e todo mundo gostou de tudo até do pequeno morteiro que Ativo levava. Foi bem assim. E então Ativo foi à frente e alguém disse para ele se você fingir que não está doente eles te mandam para casa. Posso levar meu pequeno morteiro gosto mais dele do que da carroça do leiteiro, prefiro ser Ativo do que Coice que nunca coiceou. Acho que vou ficar onde estou, Ativo falou.

O livro para crianças de Stein incorpora traços bem típicos de sua escrita para adultos, que é altamente repetitiva, mas extremamente rítmica, entrelaçando e confundindo som e sentido. Além disso, há nela justaposições de palavras e brincadeiras com a sintaxe. Outra característica da escrita de Stein é a de evitar pontuação: vírgulas, pontos de interrogação (que ela abominava) etc., o que muitas vezes torna o texto ainda mais confuso ou ambíguo.

Para entender Gertrude Stein, diria, para entender os vanguardistas de um modo geral, é preciso abandonar o conceito de leitura que nos impuseram ao longo dos anos em bancos escolares, ou seja, o de que o texto tem que ter, necessariamente, um começo, um meio e um fim, e que, de preferência, carregue um claro preceito moral. É preciso entender que a leitura carrega muito mais do que isso, ela é feita de música, de ritmos, de brincadeiras humoradas com a linguagem e, principalmente, de percepções do próprio leitor.

O fato é que não ensinamos as crianças a ler textos de vanguarda; por isso, talvez, poucos adultos sejam capazes de usufruir sua leitura. A vanguarda do início do século passado parece ainda distante dos leitores adultos do século XXI, e isso, diria, porque, quando crianças, eles não foram confrontados com livros experimentais, não por falta de livros dessa natureza para os pequenos, que, como disse acima, são muitos, mas por falta de interesse, ou por comodismo, em apresentar uma outra concepção de leitura aos pequenos.

A leitura do alfabeto steiniano exige liberdade do leitor, liberdade de que falavam, no século passado, Roland Barthes e Maurice Blanchot, em suas teses sobre a "morte" do autor. Cabe aqui repetir a assertiva de Barthes: "uma vez afastado o autor, a pretensão de 'decifrar' um texto se torna totalmente inútil. Dar ao texto um Autor é impor-lhe um travão, é provê-lo de um significado último, é fechar a escritura" (Barthes, 2004: 63). Ainda que essa ideia nos pareça um lugar-comum, por ser repetida à exaustão, ela é, a meu ver, bastante ousada quando aplicada em sala de aula, pois na escola costuma-se exigir do aluno *uma* interpretação do texto, de preferência baseada nas possíveis intenções do autor. Para Barthes, a ideia de encontrar no texto um autor convém à crítica e, diria, aos pedagogos, pois encontrado o autor, o texto estaria "explicado".

Um livro que tem só uma ideia não é um bom livro. Ele deve se multiplicar e deve se metamorfosear diante do seu leitor. O que vimos numa primeira leitura se complementa ou se distorce numa próxima. Barthes parece reforçar isso quando afirma que "na escritura múltipla, com efeito, tudo está para ser *deslindado*, mas nada para ser *decifrado*" (Barthes, 2004: 63). É isso que o leitor encontrará na prosa de Stein para crianças:

Never Sleeps and Was Asleep always went fishing with Brave at night. Never Sleeps barked all night and Was Asleep was asleep.

Brave was a rich boy. One day, it might have been his birthday because he was not born on his birthday and any day might be his birthday well one day he met the letter A which was a little girl named Annie. Annie was very pretty, anybody could say that of Annie any day and so as Annie was born on her birthday her birthday was the seventeenth of February Brave liked to look at her and so today not Annie's birthday but a day he stopped to say well Annie where are you going today. So then he went on he said you know he said I am rich and strong and you do not need to come along but I am going to give you all my money because you are just as sweet as honey. So he did, he gave her all his money and she took it away and then it was no longer day because night had come, and Brave who was always white with delight went fishing in a river that was flowing and going with all its might.

Brave always fished with a light. Nobody should because that dazzles the fish and they cannot see where for the glare so it is not fair. But Brave did he fished at night with a light. And tonight, yes tonight, he was drowned at night, drowned dead at night, and Never Sleeps barked all night and Was Asleep was asleep and Annie had all his money and she spent it on honey, and Brave was never any more white with delight. And the fish could rest every night.

Insone e Soneca sempre foram pescar com Bacana à noite. Insone latia a noite inteira enquanto Soneca sonecava.

Bacana era um menino rico. Um dia, que podia ser o dia de seu aniversário porque ele não nasceu no dia do seu aniversário e qualquer dia poderia ser seu aniversário, bem, um dia ele encontrou a letra A que era uma menina chamada Aninha. Aninha era muito bonita, diziam isso sobre a Aninha todo dia e assim, como a Aninha nasceu no seu aniversário, seu aniversário era o dia dezessete de fevereiro. Bacana gostava de olhar para ela e então no dia de hoje, que não é o dia da Aninha fazer anos, mas um dia qualquer, ele parou pra perguntar: Bem, Aninha, aonde você está indo hoje? Então, ele continuou a falar: Você sabe, eu sou forte e tenho grana e você não precisa me seguir pra onde eu quiser ir, mas eu lhe darei meu capital porque você é bem legal. E ele deu, ele deu a ela todo o seu dinheiro e ela o levou embora e então já não era mais de dia porque a noite caía e Bacana, que era sempre um bocado sossegado, foi pescar num rio que corria e escorria com muita energia.

Bacana, quando ia pescar, levava uma luz pra iluminar. Ninguém fazia isso não, porque deixa os peixes tontos e eles não conseguem entender de onde é que a luz reluz. E isso não ser faz. Mas o Bacana fez isso, ele pescou à noite com luz. E hoje à noite, sim hoje mesmo, ele caiu na água à noite e se afogou. E Insone latiu a noite toda e Soneca dormiu e Aninha, com a grana do Bacana, comprou caldo-de-cana e o Bacana nunca mais foi um bocado sossegado. Mas os peixes agora podem dormir quando anoitece.

This is what happens when you are not born on your birthday, that is what everybody does say this is what happens when you are not born on your birthday.	Isso é o que acontece quando você não nasce no dia certo do calendário, é o que todo mundo diz, isso é o que acontece quando você não nasce no dia do seu aniversário.

Diria que *To do: A Book of Alphabets and Birthdays* segue também a tradição da literatura nonsense, que foi explorada em muitos sentidos na escrita vanguardista, em textos, por exemplo, dos absurdistas, dos surrealistas etc. Sabe-se que o *nonsense* enquanto gênero literário nasceu da pena dos ingleses Edward Lear (1812 – 1888) e Lewis Carroll (1832 – 1898), em plena Inglaterra vitoriana, para um público específico, as crianças. Mas, segundo muitos estudiosos, como Wim Tigges, o nonsense não precisa estar presente em todo o texto, como é o caso dos textos de Lear e Carroll, ele pode ser um dos muitos procedimentos de um texto (Tigges, 1988: 47).

No livro de Stein, o nonsense é uma das muitas características de sua escrita múltipla. Em *To do: A Book of Alphabets and Birthdays*,

o nonsense se apresenta como uma língua negativa, a língua de uma experiência que não é considerada no discurso do bom senso. Desse modo, o nonsense seria um entrave, uma enfermidade para esse discurso, fazendo-nos perder tempo: ele nos passaria uma rasteira, confundiria a direção, desordenaria as coisas (Stewart, 1989: 5). Vejamos mais um fragmento do livro de Stein que ilustraria a afirmação acima:

George knew all about Thunder and lightning but he always sat down.	George sabia tudo sobre trovão e raio mas sempre se sentava.
He sat down when he saw lighting and he sat down when he heard thunder. Not because he is afraid but because he liked to sit down.	Ele se sentava quando via o raio e se sentava quando ouvia o trovão. Não porque ficava com medo mas porque gostava de se sentar.
He was sat down with a Frown.	Ele se sentava com uma Carranca.
That meant that he did not like thunder and he did not like lightining.	Isso significava que ele não gostava de trovão e que não gostava de raio.

He liked to say he did everything as quick as lightning. He liked to say he made a noise like a thunder. That was George.

Ele gostava de dizer que era rápido como um raio. Ele gostava de dizer que fazia o barulho de um trovão. Assim era George.

Funny the way you said thunder and lightning when it is the lightning that comes first not the thunder.

Engraçado como você disse trovão e raio quando é o raio que vem primeiro e não o trovão.

Segundo Susan Stewart, "[...] o nonsense contrasta com o mundo razoável, positivo, contextualizado e 'natural' do sentido, na qualidade de arbitrário, de aleatório, de inconsequente, de meramente cultural. Enquanto o sentido é sensorial, tangível, real, o nonsense é um 'jogo de vapores', irrealizável, uma ilusão temporária" (Stewart, 1989: 4). Não seria esse o caso do livro de Stein?

Vivien Noakes afirma que "a incongruência dos personagens, das situações ou das palavras, somada ao elemento previsível e estável, como números, estribilhos, aliterações ou, paradoxalmente, uma insistência no uso correto das palavras, iguala-se a nonsense (Noakes, 1979: 231). Muitas dessas características podem ser lidas em *To Do...*:

But J is other things it is James, Jonas, Jewel and Jenny, and anybody can ask more.

Mas J faz outros nomes faz João, José, Jade e Júlia e ninguém mais pode pedir mais.

But and there must Always be more than one there must Always be four, no more, just four. J is also just, just why, that is no lie, just why or why, well well.

Mas e sempre deverá haver mais do que um deverá sempre haver quatro, não mais, só quatro. J é também justo, justo se, justo porque, justamente justo, bem bem.

But after all well well and you can never tell if it is a bell or if it is just well well. Well anyway, I does come before J. It is no lie, it does it just does come before J even if there is a J to pay and there is in just, not in must but in just.

Mas afinal bem bem e você nunca diz a ninguém se é legal ou se é só bem mal. Bem, de qualquer jeito, o I vem antes do J. É fato, é assim o I vem mesmo antes do J mesmo que haja um J para jorrar como há em justo, não em susto mas em justo.

Alguns estudiosos se propuseram não apenas a definir, mas, igualmente, a mensurar o grau de nonsense de determinadas obras. Estudiosas como Vivien Noakes e Ina Hark, por exemplo, utilizam termos como "nonsense puro" ou "nonsense verdadeiro", "nonsense de segundo grau" ou "nonsense inferior", para classificar os textos. Esses termos procuram descrever o grau de distanciamento entre o leitor e a obra, distanciamento que o "verdadeiro" texto nonsense, ou o nonsense "puro", deveria preservar. Esse distanciamento evita que qualquer sentimento de dó, piedade, medo, aflição etc. venha à tona. Quanto maior a distância ou a tensão entre o que é apresentado e as expectativas do leitor, mais "nonsênsico" seria o texto.

O alfabeto de Stein, poderia afirmar, pertenceria ao "nonsense de segundo grau" ou "nonsense inferior", uma vez que em algum momento o leitor se identificaria com cenas comoventes ou tocantes como a história de Orlando, Olga, Oltro e Owen, que não tinham uma casa para morar:

It is funny not to have a home very funny, but it does happen to a great many. When you say funny sometimes it makes you laugh and sometimes when you say funny oh my it makes you cry.

That is what happened to Orlando and Olga and Only and Owen, they said it was funny not to have a home but when they daid funny oh my it made them cry.

So they began to wonder why, why they had no home and they knew it was true they had no home. But they had a birthday well then they must have been born and if they had been born they must have had a home everybody can say that there has to be a home to have a birthday and now oh dear where had it gone away, not the birthday they each still had one, but the home. The home the home.

É engraçado não ter uma casa muito engraçado mas acontece com muita gente. Quando você diz engraçado algumas vezes isso faz você rir e algumas vezes quando você diz engraçado oh céus isso lhe faz chorar.

Isso foi o que aconteceu com Orlando e Olga e Outrem e Osmar, eles disseram que era engraçado não ter um lar mas quando disseram engraçado, oh céus, isso os fez chorar.

Então eles começaram a se perguntar por que, por que não tinham lar e sabiam que era verdade que não tinham nenhum lar. Mas eles faziam aniversário bem então eles deviam ter nascido e se eles tinham nascido eles deviam ter tido um lar todo mundo pode dizer que tem que ter um lar para fazer aniversário e agora oh céus onde ela foi parar, não o aniversário pois cada um deles ainda tinha um, mas o lar. O lar o lar.

Este texto é, na realidade, uma apresentação de um aspecto da obra de Stein ainda pouco explorado e pretende ser uma incitação para que novos estudos sobre seus textos para crianças surjam. Ainda mais importante, é um convite à inclusão desses livros de Stein nas bibliotecas das crianças.

REFERÊNCIAS

BARTHES, Roland. *O Rumor da Língua*. São Paulo: Martins Fontes, 2004.

NOAKES, Vivien. *Edward Lear*. Glasgow: William Collins Sons & Co Ltd, 1979.

STEIN, Gertrude. *Para fazer um livro de alfabetos e aniversários*. Trad. Dirce Waltrick do Amarante e Luci Collin. São Paulo: Iluminuras, 2017.

______. *The World is Round*. Nova York: Harper Design, 2013.

______. *To do: A Book of Alphabets and Birthdays*. Yale: New Haven, 2011.

STEWART, Susan. *Nonsense*. Baltimore: John Hopkins University Press, 1989.

TIGGES, Wim. *An Anatomy of Literary Nonsense*. Amsterdam: Rodopi, 1988.

Uma trilha de rosas — Os múltiplos legados de Gertrude Stein à Arte da década de 1960

Tania Ørum

Gertrude Stein estava em toda parte na década de 1960. Várias de suas obras, que ela encontrou dificuldades em publicar durante a vida, surgiram por iniciativa da *Something Else Press*, de Dick Higgins, proprietário e diretor da editora, além de artista do movimento norte-americano *Fluxus*. Isso testemunha a influência de Stein no movimento. Seu impacto, porém, foi muito mais amplo. Membros da vanguarda dos anos 1960, entre escritores, pintores, escultores, compositores, artistas performáticos ou cineastas, receberam inspiração de sua obra, reconhecendo-a como um espírito afim e uma precursora. E o impacto de Stein não se limitou ao mundo de falantes de língua inglesa e ao círculo francês ao qual ela pertencia.

Quando o escritor e artista visual sueco Öyvind Fahlström escreveu seu manifesto de poesia concreta, "Hipy papy bthuthdththuthda btthuthdy", em 1953, seu título prestava tributo à Coruja em *Winnie the Pooh*. Os antecessores e companheiros "amassadores de pão da linguagem" listados no final do manifesto incluíam: "os gregos, Rabelais, Gertrude Stein, Schwitters, Artaud" (Fahlstrom, 1999: 119) — uma lista que, sem dúvida, teria agradado Stein, que gostava ela mesma de elencar-se entre Shakespeare, Matisse e Picasso.

Fahlström explica em seu manifesto que a poesia concreta é uma questão de "amassar o pão" do material linguístico no nível das letras, sons e palavras, bem como no nível da estrutura frasal, vocabulário, ritmo e lógica. Essa abordagem da poesia, afirma ele, permitirá o acesso de "palavras [d]iscriminadas" ao vocabulário poético, produzirá "possibilidades não imaginadas" e relações não familiares, o que "minará a certeza do leitor sobre a consagrada relação entre uma palavra e seu significado" e liberará o poeta. "Mudar a ordem das palavras não é suficiente; é preciso 'amassar o pão' da estrutura da oração inteira. Como os processos de pensamento são dependentes da linguagem, todo ataque às formas linguísticas predominantes acaba, enfim, por enriquecer modos desgastados de pensamento", declara Fahlström (1999: 117). Contudo, embora isso possa produzir literatura que tenha "aparentemente certas similaridades" com a poesia surrealista, Fahlström é cuidadoso em sublinhar que a "realidade concreta de" seus textos "não é de modo nenhum oposta à realidade concreta da vida real" (Fahlström, 1999: 119).

Não tenho certeza a que "gregos" Fahlström se refere. Mas suas declarações programáticas poderiam ser facilmente aplicadas aos textos de Rabelais, Stein, Schwitters e Artaud, todos parte da herança cultural reivindicada pela vanguarda do pós-guerra. Todos eles expandiram o vocabulário, a estrutura e o ritmo da literatura e, ao trabalharem em todos os níveis da linguagem material, produziram novos significados e novos modos de pensar. Todos eles partilham da adesão de Fahlström à realidade concreta e à vida cotidiana. E em seus modos específicos, cada um deles anunciou dimensões da vanguarda do pós-guerra.

As longas listas de Rabelais e seu modo carnavalesco de virar de cabeça para baixo as hierarquias sociais e perceptíveis ecoa em Fahlström, "Manipule o mundo — cuide do mundo", assim como na prosa e poesia concreta dos anos 1960 e na cultura revolucionária da juventude do final dos 1960. O cruzamento feito por Kurt Schwitters de som, linguagem e escultura e seu uso de materiais do cotidiano foram altamente relevantes às atividades de interpenetração estética do próprio Fahlström e àquelas da vanguarda dos anos 1960 em geral. Antonin Artaud anunciou a guinada performática da vanguarda do pós-guerra, que foi também um afastamento da psicologia e do simbolismo das décadas de 1940 e 1950 em direção à fisicalidade e à superfície. "Digamos adeus à toda representação sistemática ou espontânea dos problemas psicológicos, culturais ou universais contemporâneos", sugeriu Fahlström em seu manifesto (1999: 110). E Gertrude Stein praticava o amálgama de "toda a estrutura da oração", bem como do vocabulário, do material linguístico e da "consagrada relação entre uma palavra e seu significado", enquanto permanecia muito próxima da "realidade concreta da vida real." Em suas palestras ela declarava explicitamente o realismo de sua escrita experimental e, como Fahlström, e como a vanguarda dos anos 1960, estava mais interessada na vida cotidiana e em observações do que no surrealismo ou nos níveis subconscientes objetivados pelos surrealistas. A guinada performática da escrita de Gertrude Stein — que *presentifica* as pessoas retratadas literariamente, por exemplo, ao capturar o ritmo de seus pensamentos e sua interação com os outros — antecipou os atos de discurso teorizados por J.L. Austin e praticados pelos poetas concretos. Portanto, não é de surpreender que Gertrude Stein fosse uma das antecessoras a quem Fahlström presta tributo em seu manifesto.

A poesia "escrita com base na linguagem como matéria concreta" que Fahlström buscou implementar em 1953 recebeu pouca atenção até que os poetas concretos de meados dos anos 1960 redescobrissem seu manifesto e o tivessem reimpresso em 1965. E com o desenvolvimento da poesia concreta nos países escandinavos Gertrude Stein também foi redescoberta.

Em sua introdução à poesia concreta (1966), o poeta concretista e crítico dinamarquês Hans-Jørgen Nielsen distinguia entre a estética aberta, expressiva da poesia concreta sueca, inspirada pela *musique concrète* de Pierre Schaeffer e a música aleatória de John Cage por um lado e, por outro, a tradição mais construtivista do poeta suíço Eugen Gomringer e o grupo brasileiro *Noigandres*. Enquanto a tradição de Fahlström era vista como uma continuação do Futurismo e do Dadaísmo, a tradição de Gomringer (à qual Nielsen e a maioria dos poetas concretistas dinamarqueses pertenciam) reinvindicava Mallarmé e especialmente Gertrude Stein como seus precursores. Nielsen salientava que poetas e teóricos pertencentes a essa variedade de poesia concreta construtivista, como os escritores alemães Max Bense e especialmente Helmut Heissenbüttel, eram "profundamente influenciados pelas experiências de Stein" (Nielsen, 1966).

De fato, quando Helmut Heissenbüttel recebeu o prestigioso prêmio Büchner, começou seu discurso com um inequívoco tributo a

Stein: "Eine Rede ist eine Rede. Eine Rede ist eine Rede heibt eine Rede ist eine geredete Rede das heibt sie mub geredet das heibt gehalten werden..." [Um discurso é um discurso, um discurso é um discurso significa que um discurso é um discurso falado que significa que ele deve ser falado que significa que deve ser feito...] (Heissenbüttel, 1970: 42).

Em meados da década de 1950, Gertrude Stein começara a ser publicada em alemão e o número de traduções multiplicou-se no início dos anos 1960. Em 1953 os poetas concretistas austríacos Gehard Rühm e Hans Carl Artmann tinham se deparado com *Last Operas and Plays*, de Stein, na Amerika Haus em Viena. Tal descoberta provocou um considerável entusiasmo no *Wiener Gruppe*, e eles planejaram a produção de uma peça de Stein para seu teatro de vanguarda, o "Franciscan Catacombes Club", mas abandonaram o projeto quando a tarefa de traduzir Stein provou-se impossível (Rühm, 1967: 9-12). Helmut Heissenbüttel descobriu a obra de Gertrude Stein em 1954 e se tornou um de seus mais influentes defensores críticos (Heissenbüttel, 1980: 57). O ensaio de Heissenbüttel, "Reduzierte Sprache" [Linguagem reduzida], a primeira análise apropriada da obra de Stein em alemão, apareceu em 1955 (Heissenbüttel, 1955: 1-16). Como poeta concretista Heissenbüttel reconhecia livremente sua dívida para com Stein. Sem o conhecimento da obra dela, declarou Heissenbüttel, suas próprias experiências poéticas com redução, mistura de palavras e transformação de metáforas e verso em vocabulário e gramática não teriam sido possíveis (Heissenbüttel, 1974: 51). O ensaio de Heissenbüttel, e a publicação da tradução de *Autobiography of Alice B. Toklas*, em Zurique, em 1955, asseguraram a reputação de Gertrude Stein nos países de língua alemã.

Em 1957, Max Bense, influente filósofo, poeta concretista e editor de *Augenblick*, que encorajara Heissenbüttel a escrever sobre Gertrude Stein, escreveu ele próprio um ensaio teórico sobre Stein apontando os paralelos entre Alfred North Whitehead e Gertrude Stein, recorrendo à análise de Heissenbüttel sobre o uso da linguagem de Stein e a cisão entre forma e conteúdo em seus textos. Bense estava interessado, sobretudo, na primazia da padronização sintática sobre o conteúdo semântico nas composições de Stein e em seu uso dinâmico da língua, especialmente das formas verbais. Para o autor, esse modo de escrita levara ao aparecimento de uma expressão "reduzida" sem profundidade, que não comunicava e sim criava mais uma linguagem de estruturas "análogas" que de substância, e texturas mais do que textos (Bense, 1957).

Hans-Jørgen Nielsen foi, sem dúvida, influenciado por Heissenbüttel e Bense, como indicam muitas referências a eles nos primeiros textos que escreveu. Chegou mesmo a passar um tempo estudando com Bense em Stuttgart e abeberou-se na "estética da informação" de Bense, uma tentativa de criar um fundamento teórico da informação para a estética. Tal inspiração também é evidente na leitura de Gertrude Stein por Nielsen, embora ele seja muito menos ambíguo em sua admiração por Stein do que Bense.

Nielsen usou Gertrude Stein como um exemplo proeminente em sua campanha para ampliar a concepção de textos literários no conservador contexto dinamarquês. O interesse dela em histórias em quadrinhos é citado em um dos ensaios de Nielsen em que argumenta que as HQs são tão interessantes de ler quanto a chamada alta literatura e que a cultura de massa não devia ser menosprezada (Nielsen, 1968a: 74-78). Num ensaio intitulado "A Linguagem tem muitos lados", ele insistiu que a poesia não precisa ser como o modernismo metafórico introspectivo predominante na Escandinávia do pós-guerra, e poderia incluir experiências com dimensões visuais, gramaticais, fonéticas e rítmicas. A escrita de Stein encontra-se além das classificações tradicionais de prosa e poesia, argumentou Nielsen. Considerando que *Tender Buttons* foi lido por Heissenbüttel como prosa, e pelo poeta dinamarquês Poul Borum como poesia[30], Nielsen sentiu que a obra, assim como outros textos de Stein, deveriam antes ser vistos simplesmente como *textos*, que descobriam e funcionavam em outros níveis de linguagem — e eram, por isso, frequentemente considerados ilegíveis. O exemplo analítico de Nielsen neste ensaio é a famosa frase: *a rose is a rose is a rose is a rose*, também considerada por Heissenbüttel. Aparentemente uma

30 O poeta e crítico Poul Borum apresentou Gertrude Stein ao público dinamarquês num capítulo que também lidava com poetas futuristas e dadaístas em seu abrangente *Poetisk modernisme* (1966: 77-89).

repetição monótona e gaguejante, a frase pode ser lida de vários modos, como Nielsen demonstra. Da mesma forma que Bense, Nielsen lê a primeira metade da frase como "linguagem objeto", uma afirmação sobre a realidade, e a segunda metade da frase como "metalinguagem": um comentário sobre a construção linguística da realidade. Mas diferentemente de Bense, Nielsen não conclui que tal padronização linguística reduz a comunicação e o conteúdo. Ao invés disso, ele interpreta a frase como uma declaração filosófica sobre linguagem e realidade, bem como sobre o que é interminavelmente o mesmo e interminavelmente diferente. Portanto, o texto é visto como expressando toda uma ontologia que, em sua total simplicidade, exemplifica o poder poético e a profundidade filosófica da escrita de Gertrude Stein (Nielsen, 1968b: 31-37).

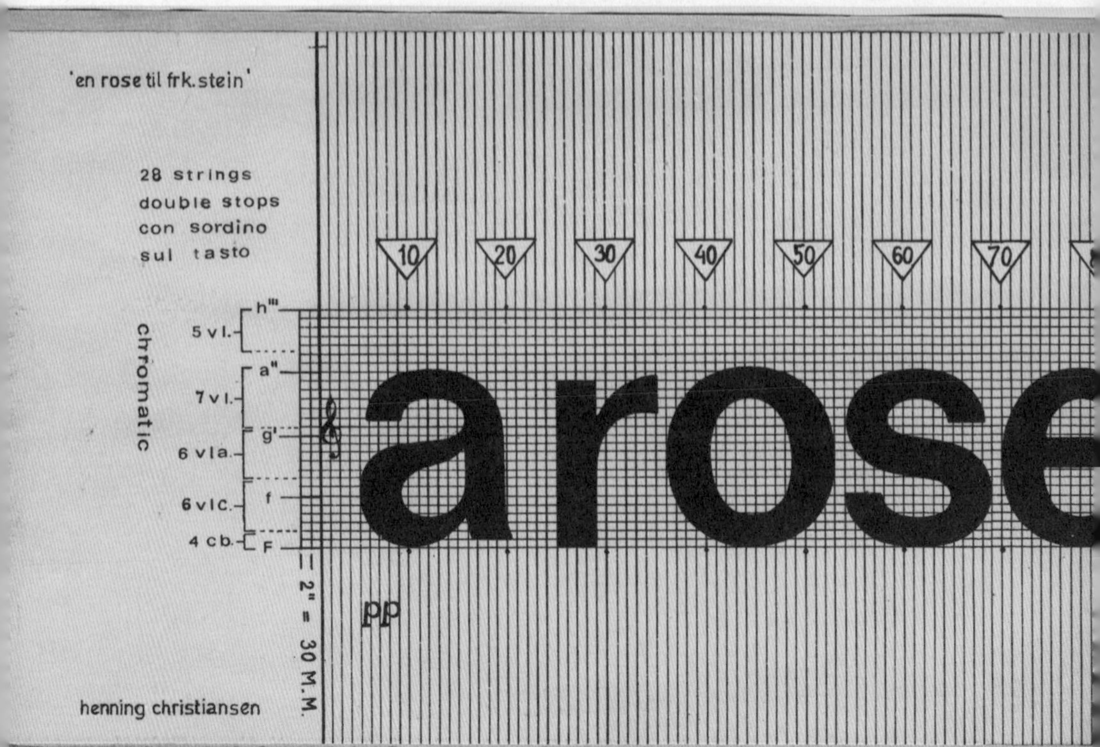

100
110
120
130
140
150
160
170
180
190
200
sarose

Nielsen apresentou Gertrude Stein não apenas ao público em geral na Dinamarca como também a introduziu em seu círculo de artistas da *Experimental School of Art* (também conhecida como *Ex School*). A influência é visível como uma "trilha de rosas" através da arte dinamarquesa da década de 1960. A trilha conduz da leitura que Nielsen fez da rosa de Stein até o compositor dinamarquês Henning Christiansen, que musicou a frase em seu trabalho orquestral *A Rose for Miss Stein* (1965). Os dois artistas colaboraram intensamente em vários projetos em comum de 1964 a 1967.

A partitura para a composição minimalista de Henning Christiansen foi publicada numa pequena editora particular, *panel 13-serien*, cujo endereço postal era o apartamento de Christiansen em Copenhagen. Ela consiste em um longo pedaço de papel de 94 cm, com as palavras "a rose is a rose is a rose is a rose" cuidadosamente manuscritas, que pode ser dobrado em quatro partes de 23,5 cm para caber na fina capa amarela cuja frente traz o título, o nome do compositor, opus 31, e a informação de que é o segundo dos trabalhos em conjunto publicados no *panel 13 serien*. Na parte de trás da capa há uma curta versão da frase de Stein na interpretação de Nielsen. A complexidade semântica dessa frase não pode ser transmitida em música, declara Nielsen, e não era a intenção do compositor fazê-lo. O interesse musical de Christiansen fora "a forma tautológica, a repetição regular dos elementos, o que gertrude stein chamou de 'familiaridade', e tem sido natural usar as letras do texto como paradigma também para a versão musical. Nesse sentido a obra é simultaneamente um tributo a uma grande mulher — 'uma rosa para srta. stein'"[31]. Na partitura está inscrito "verão de 65", duração: 14', escrita para 28 instrumentos de corda tocarem "paradas duplas con sordino sul tasto" a intervalos específicos coincidindo com as letras, cada grupo com notas individuais: o "5 vl." deveria tocar um h (si natural), o "7 vl." deveria tocar um a (lá), o "6 via" um g (sol), o "6 vic." um f (fá) e o "4 cb." um F (Fá). Cada grupo de instrumentos recebeu um certo período de tempo para sustentar sua nota: "h'", a'', g', f, F. A fim de ajudar os músicos a lerem a partitura, está indicado no início que "2" = 30 M.M.".

31 A peça de Christiansen (1965) nunca foi executada.

Figura 1. Partitura de H. Christiansen.

O último ensaio programático de Henning Christiansen sobre forma auditiva e visual no jornal *ta* (1967) se inicia com as rosas de Stein:

EN ROSE ER
EN ROSE ER
EN ROSE ER
EN ROSE

Nesse ensaio, ou manifesto, o compositor inicialmente declara sua preferência por estruturas simples que, em contraste com os padrões complexos da música atonal e eletrônica do período, são realmente audíveis e podem ser reconhecidas pelo público como regras e ideias. Christiansen diz que não gosta de música expressiva e emocional, e que de bom grado se abstém de efeitos dramáticos e de entretenimento. "A música é para se ouvir. Um som é um som. A distância entre dois sons é a distância entre dois sons. Se a pessoa se ativer a isso, a música é transportada da esfera dos sonhos e da metafísica para a realidade. A música se torna um objeto que é a sua própria realidade", afirma Christiansen. E depois desse credo muito steiniano, ele continua falando sobre *A rose for Miss Stein* no final do ensaio. A obra foi orquestrada para que 28 instrumentos de corda "a executem como um jornal elétrico", explica o compositor. "Não sobrou muito das letras", admite, mas o "*cluster* espelha o conteúdo estrutural tautológico" do texto. "A frase de Gertrude Stein foi uma oportunidade para criar um som em cluster que não é fundado apenas numa massa sonora amorfa (usada, pelos compositores, frequentemente como um gesto pesado) e sim fundado numa forma objetivamente existente — o aparecimento visual das letras." A atitude para com a música professada pelo compositor equivale, conclui ele, à que se encontra na poesia concreta, especialmente na forma pura de Eugen Gomringer e Hans-Jørgen Nielsen, aos quais "uma palavra é realmente uma palavra". A fim de se alcançar uma experiência esteticamente interessante é necessária uma redução, considera Christiansen, e para evitar mero emocionalismo a experiência "precisa de um objeto concreto, um caso real no qual se segurar. Antes de Wittgenstein, Gertrude Stein o formulou: Uma rosa é uma rosa é uma rosa é uma rosa" (Christiansen, 1967)[32].

A apresentação de Henning Christiansen faz ecoar o ensaio de Hans-Jørgen Nielsen e as discussões no círculo da *Ex School*, em que Wittgenstein era outra figura influente, mas demonstra também as estreitas conexões entre Gertrude Stein e a poesia concreta como percebidas na década de 1960.

Contudo, mesmo antes de Henning Christiansen ter orquestrado a rosa, ele parece ter se familiarizado com a obra de Gertrude Stein, talvez através de sua relação estreita com Dick Higgins. Em seu período como artista do *Fluxus*, entre 1962 e 1964, ele participou de muitos *happenings* e performances do *Fluxus* na Europa, criando também algumas composições musicais. Entre estas está o concerto *to Play to Day*, datado de dezembro de 1964, que empresta o título do texto *Play*, de Gertrude Stein (1911), e inclui textos de Dick Higgins, Alain Robbe-Grillet e do próprio Henning Christiansen (1964)[33].

O concerto para piano, orquestra e três vozes é uma peça característica do teatro instrumental *Fluxus*. A partitura instrui o pianista a ler textos em voz alta e executar várias ações, como contar, mostrar ao público um despertador, fazer perguntas e atirar guloseimas às pessoas da plateia que responderem, enquanto toca as breves peças musicais (de 5 a 140 segundos) que formam a própria composição. É uma peça lúdica não apenas por suas atividades cheias de humor e pelos desenhos inseridos na partitura, como também em termos da música e das relações entre as peças musicais e seus títulos. Cada peça musical tem uma personalidade dife-

32 O jornal *ta*, onde Christiansen publica, apareceu do início de 1967 ao final de 1968, e foi o órgão programático do grupo de artistas ligado à Experimental School of Art.

33 A partitura impressa *To Play To Day – af mine memoirer* [*de minhas lembranças*], opus 25, 46 minutos, apareceu em 1974. Foi executada primeiramente em fevereiro de 1966 no programa de rádio "Vor tids musik' (Música Contemporânea).

rente, e um título muito steiniano que lembra os textos de *Tender Buttons*: "How" ("Como"), "Pewter", "What" ("O Que"), "Letter" ("Letra"), "Coat" ("Casaco" ou "Camada"), "When" ("Quando"), "Five" ("Cinco"), "But" ("Mas"), etc. E da mesma forma que os retratos literários de Stein de objetos, comida e espaços em *Tender Buttons*, cogita-se qual é a relação entre o título individual e a peça a que pertence. É difícil imaginar música que pudesse retratar, por exemplo, o título "How" ("Como"). "How" é executado por metais, cordas e bateria que fazem um som de circo e tocam, por 25 segundos, uma breve melodia minimalista, terminando com um tambor marcando a parada total. O "Pewter", que se segue, é uma lenta e repetitiva peça para piano de 90 segundos com grandes intervalos nos quais são inseridos sequências de trompete, violino, violoncelo e clarinete que mantém cada qual um tom por 30 segundos. É óbvio que a música não ilustra ou representa o título, do mesmo modo como os textos de Gertrude Stein em *Tender Buttons* não podem ser lidos como ilustrações ou representações reconhecíveis dos objetos mencionados no título. Como a própria Stein disse sobre os retratos de coisas em *Tender Buttons*, as "palavras que eram as palavras que fizeram seja lá o que eu olhei parecem consigo mesmas não eram palavras que tinham nelas qualquer qualidade de descrição" (Stein, 1988: 191).

Na composição de Christiansen, os títulos de fato representam a música à medida que, a cada vez que uma das peças repetidas aparece, por exemplo, "How", "What" ou "But", ela se refere à mesma música. Em alguns casos, a imagem gráfica da partitura serve como uma representação do título como, por exemplo, quando as notas da peça "Tractor" ("Trator") formam imagens de impressões de roda de trator. Na versão para o rádio, todos esses títulos são lidos em voz alta como uma longa fila de palavras unidas por "e" no início e no fim da composição. Deste modo, consideradas juntas, elas soam mais como um texto de *Tender Buttons* de Gertrude Stein ou como poesia concreta. A partitura original tem todos os títulos listados numa página próxima do final, e um pouco acima da lista de títulos há um texto curto de Christiansen sobre como dirigir seu carro e usufruir as mutáveis impressões da paisagem. A associação entre composições musicais e textuais com paisagens está muito próxima das ideias de Stein sobre composição como paisagem, embora no caso de Christiansen elas não sejam elaboradas em detalhes. Assim, o concerto de Christiansen parece referir-se à escrita de Stein não apenas no título, como também em sua atitude anti-representacional e sua atenção aos sons e palavras concretas, pelo modo como "amassa o pão" das estruturas e significados da linguagem e da música.

Henning Christiansen continuou trabalhando com o artista alemão Joseph Beuys por muitos anos, mas sempre tendo Gertrude Stein em mente. Na década de 1970, ele fez um filme para televisão apresentando duas de suas fontes constantes de inspiração, Gertrude Stein e o compositor francês Erik Satie (representados por uma dupla de velhos atores dinamarqueses), numa apresentação num parque vestidos com roupas históricas e trocando observações sobre arte. No programa de TV, Christiansen explica a importância deles e toca sua composição *Satie auf hoher See* (opus 52, 1973). Mais tarde, em 1994, ele executou com sua esposa, a artista Ursula Reuter Christiansen, uma série de performances denominada ora *Very Fine und Sein*, ora *Very Fine and mine – kissingpiece* ("peça com cena de beijo"), ambas variações sobre um verso de "A Valentine to Sherwood Anderson" (1922):

> Bem bom é meu bem.
> Bem bom e bem meu.
> Bem meu é meu bem bem meu e bem bom.
> Bem bom é meu bem e meu, bem bom bem meu e meu é meu bem. (Stein, 1993)[34]

Como uma "peça com cena de beijo", para Henning Christiansen e esposa, é adequado que o título fosse emprestado de um cartão de Dia dos Namorados. E a rima na palavra inglesa "Fine" com a palavra alemã "Sein" (o substantivo "being" ou o pronome possessivo "his") está próxima do modo como a própria Gertrude Stein "amassa o pão" das palavras francesas dentro de seus textos e cria trocadilhos com similaridades de sons entre as duas línguas. Um exemplo conhecido é a primeira linha de seu retrato literário do poeta francês Guillaume Apollinaire, que apresenta uma pronúncia norte-americana do nome dele: "Give known or pin ware" (Stein, 1993)[35].

---

34 O retrato foi publicado e comentado em Dydo (1993: 376-380).

35 O retrato foi publicado e comentado em Dydo (1993: 278-279).

Uma seção posterior do "Valentine", de Stein, denominada "Kneeling" (1993: 378-379), começa com a contagem de um a dez:

> Um dois três quatro cinco seis sete oito nove e dez.
> O décimo é um breve um a se ajoelhar e anunciar um galo com esse senso.
> Mencionei um, quatro cinco sete oito e nove.
> Dois é também anunciar um animal.
> Três é trocado no que concerne disposição.
> Seis é uma pergunta se denotamos mãe e filha, preto e preto captaram-na, e ela se oferece para ser três, oferece isso a mim.
> Isso é bem certo e deveria surgir abaixo e bem assim.

Números como material linguístico, e contagem como um modo de ordenar o discurso, escrita e pensamento são traços frequentes nos textos de Gertrude Stein. Isso poderia ser interpretado, de acordo com o convite de Fahlström para produzir "possibilidades inimaginadas" e relações não familiares, como um modo de minar "a confiança do leitor na consagrada relação entre uma palavra e seu significado". Mas também poderia ser interpretado de modo diferente se abordado através do uso de números de Henning Christiansen.

Christiansen usa a contagem e os números em várias de suas composições e performances. Uma peça de contagem gravada e executada várias vezes consiste do compositor dizendo "Sou número um. Sou número dois. Sou número três..." etc., contando de modo ascendente por horas e, às vezes, por dias. Na performance para rádio de *to Play to Day*, essa peça de contagem pode ser ouvida como uma camada de som mais ou menos constante, mais frequentemente como pano de fundo, geralmente abafada por música e fala, mas vindo à tona em intervalos como a espinha dorsal da composição. Contar, claro, é um modo mínimo e simples de ordenar as coisas. E como tal, é uma estratégia encontrada com frequência em obras minimalistas da década de 1960. Na obra de Christiansen é uma questão de catalogar a existência, inventariando o que está ali, marcando a passagem do momento presente e a flutuação e o caráter "confinado pelo contexto" da identidade, inserindo o *self* da pessoa numa série contínua de antecessores. Gertrude Stein gostava de inserir seu próprio nome entre os grandes nomes da história literária, e à luz do uso de números de Christiansen, os números de Stein podem ser interpretados como inventários da realidade, estados existenciais da mente, da emoção e da identidade.

A cadeia de rosas foi continuada por outros membros da *Ex School*. O pintor e artista performático John Davidsen dedicou um ano inteiro às rosas. Começou em dezembro de 1968 montando uma pequena exposição no peitoril de sua janela que assinalava claramente a referência à Gertrude Stein. Em sua palestra sobre "Poetry and Grammar" ["Poesia e gramática], de 1935, Gertrude Stein disse que o modo natural de contar não era "um e um são dois mas continuar contando de um a um [...] Um mais um mais um mais um. Esse é o modo natural de contar" (Stein, 1988: 227). E esta foi basicamente a abordagem de John Davidsen em relação às rosas.

No primeiro dia da exposição particular de Davidsen, ele colocou uma rosa assinada e com a data num vaso de vidro; no segundo dia acrescentou mais uma rosa com a data e assim por dez dias. Essa pequena exposição foi documentada num folheto impresso, contando ao modo de Gertrude Stein "EN ROSE 'OG'" [UMA ROSA 'E'] na capa da frente, e continuando no interior do folheto, "en rose og en rose og en rose..." etc., através das dez páginas de fotos do vaso contendo cada vez mais rosas. Na capa de trás, as rosas estão reunidas num buquê rodeado de cartões com datas de 1 a 10 de dezembro de 1968, todos assinados pelo artista. Aqui, novamente, o número se refere a instâncias de tempo, bem como brinca com a autenticidade da arte e a assinatura como garantia da identidade do artista e do objeto artístico.

O tema das rosas, portanto, teve claramente sua origem na frase de Gertrude Stein "uma rosa é uma rosa é uma rosa é uma rosa", mas a continuação da campanha da rosa de Davidsen, que durou um ano, expandiu o significado da rosa ao ponto de incluir todo o espectro de associações convencionais. Na primavera de 1969, ele fez uma exposição de rosas, apresentando dez gravuras de cores diferentes de uma única e idêntica rosa. No verão de 1969, o salão principal de exposições em Copenhagen, Charlottenborg, celebrou seu 200° aniversário com uma exposição para a qual John Davidsen fez a instalação "På dagen" ("for this Day", uma expressão que significa "congratulações" em dinamarquês). Nessa ocasião John Davidsen fez uma segunda versão da exposição particular no peitoril da janela: a cada dia, na sala da instalação, ele acrescentava um pequeno pódio e um vaso com dez rosas, cada qual assinada e rotulada com a data. E já que nenhuma das flores anteriores eram removidas, a instalação se encheu gradualmente de rosas em vários estágios de frescor ou decomposição.

Depois dessas exposições foram feitos cartazes de rosas, distribuídas pequenas rosas de plástico perfumadas com fragrância de rosas no jornal *ta'BOX* dos artistas e cartazes com uma única rosa marcados com "John Davidsen 1969" foram espalhados pela cidade em espaço alugado em postes de anúncios durante os meses de verão[36]. Tais manifestações foram seguidas por outra exposição, que acrescentou aos cartazes uma série de cinco serigrafias retratando John Davidsen segurando um grande buquê de rosas vermelhas. Davidsen intitulou essas serigrafias de "as caixas de chocolate" porque eram impressas em papel metálico, dourado e prateado como os papéis que embrulhavam as caixas de chocolate para presente, e porque via os retratos como um gesto de "oferecer-se a si mesmo como um presente às pessoas"[37]. A campanha da rosa culminou numa série de copos com geleia de rosas feita segundo a receita de Davidsen, vendidos como objetos de arte e também servidos, durante um mês, ao desjejum no hotel mais na moda em Copenhagen, ao mesmo tempo em que as serigrafias da "caixa de chocolate" eram exibidas no local.

Embora o espectro de associações relacionadas à rosa seja muito mais amplo na série de obras da rosa de Davidsen do que na frase original de Stein, e apesar dele ter trabalhado num campo ampliado da arte que difere do meio textual de Stein, a atitude artística dos dois admite comparações. John Davidsen examinava a relação entre atividades cotidianas e arte, que é o tema principal de muitas obras de Stein. Enquanto ela inscreveu objetos cotidianos, atividades pessoais e comi-

---

36 O *ta'BOX* 1-4 foi um jornal voltado para artistas publicado numa bolsa de plástico durante o ano de 1969. A rosa de plástico perfumada era incluída no *ta'BOX* n°. 1, o n°. 3 continha um pequeno recipiente com geleia de rosas feita e assinada pelo artista, enquanto dois outros números do jornal traziam cópias do folheto da rosa. O cartaz da rosa foi incluído em alguns outros jornais de arte e literatura em 1969. Para mais detalhes ver Tania Ørum (2009) e Lars Morell (2003).

37 "Ele dá a si mesmo às pessoas" era o título de uma entrevista com Davidsen no popular diário Ekstrabladet.

da em *Tender Buttons*, por exemplo, Davidsen transformou sua casa numa sala de exposição, levando o gesto convencional e privado de oferecer rosas nos aniversários e namoros para dentro da instituição artística. Nessas, e em outras obras performáticas, Davidsen tentou se transformar e a seu próprio corpo numa figura pública — em grande parte como Gertrude Stein transformou seu próprio lar e sua vida em mexericos e mito em *Autobiography of Alice B. Toklas*.

Outro membro da *Ex School*, o pintor Stig Brøgger foi um dos fundadores do cinema coletivo *ABCinema* em 1968. Como artista conceitual, Brøgger trabalhou no cruzamento de disciplinas, gêneros e formas. Seu interesse em Gertrude Stein foi via poesia concreta, de uma natureza mais formal. A inspiração de Stein pode ser vista, por exemplo, em seus filmes e roteiros para cinema.

Em vários filmes, roteiros cinematográficos e obras de mídias mistas de sua autoria, Stig Brøgger faz uso de um sistema tripartite. O roteiro do filme intitulado *The Digital Mona Lisa at the Terminal Beach*, de 1969, na verdade nunca foi rodado como filme, mas equilibrava-se entre gêneros de arte quando suas 4 páginas foram reimpressas num jornal, ampliadas e exibidas em exposições na década de 1970[38]. Mascarado como um roteiro de filme, *The Digital Mona Lisa* é dividido em três colunas. A coluna do meio em cada uma das quatro páginas consiste em quatro fotos em preto e branco do famoso Monte Rushmore com as esculturas das cabeças dos presidentes norte-americanos[39]. Embora o tema seja o mesmo, cada fotografia tem um céu com nuvens diferentes acima dos presidentes. As colunas à esquerda e à direita da coluna do Monte Rushmore contêm textos, diagramas e fotos mutáveis abordando temas como nuvens, dor, a noção de Marx do valor da taxa de câmbio e citações do manual para a câmera Fujica de Brøgger.

38 *The Digital Mona Lisa at the Terminal Beach* foi originalmente um panfleto de 4 páginas incluído no *ta' BOX* 3 1969, reimpresso posteriormente em outras revistas. As fotos ampliadas das páginas estão agora no museu de arte Vestsjællands Museum.

39 Os retratos do Monte Rushmore foram também executados como uma série de pinturas exibidas em 1969, e usados para um livro de artistas, agora no Henie Onstad Museum em Oslo, Noruega.

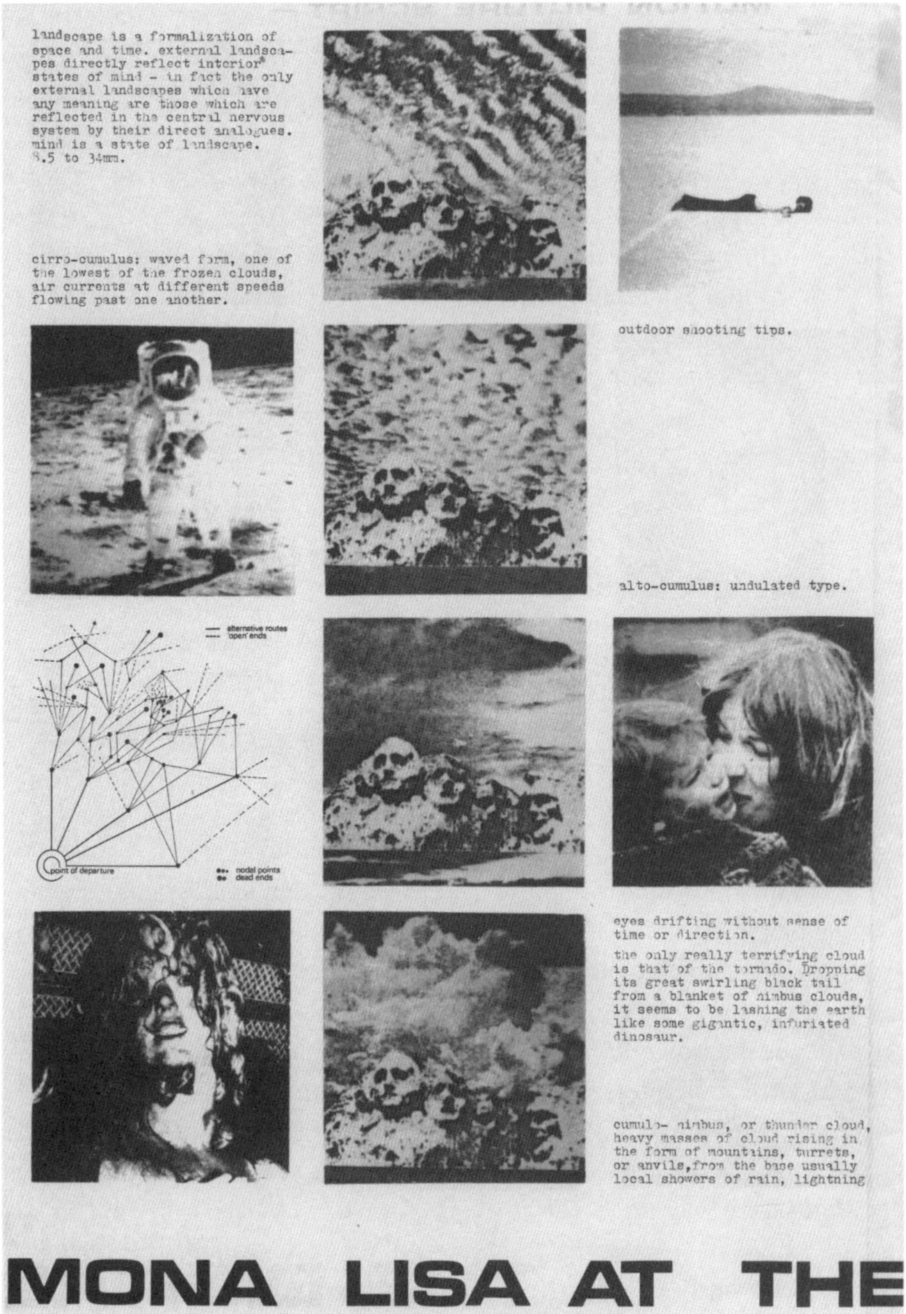

Figura 2. Uma página de *Stig Brøgger: Mona Lisa at the Therminal Beach*.

O roteiro do filme é um retrato da América, com os fundadores no centro cercados por imagens contemporâneas como anúncios, a imagem de televisão do primeiro homem na lua, fotos dos disparos em Robert Kennedy, e o artista norte-americano Walter de Maria. A estrutura de grade dividindo as páginas em três quadrados horizontais e quatro verticais e o uso da repetição são característicos da arte minimalista. Entretanto, o foco no conteúdo especificamente norte-americano, bem como a repetição do Monte Rushmore em versões ligeiramente diferentes, também apontam para o modo steiniano de descrever pessoas e situações por meio de pequenas variações de palavras e sentenças, que ela dizia não serem repetições e sim insistências. Em sua abordagem formal, o retrato da América executado por Brøgger não é tão diferente do de Stein na primeira página de "Saving The Sentence", por exemplo, que é a primeira seção de *How to Write* (1927-1931):

> Quando ele verá
> Quando ele verá
> Quando ele verá a terra da liberdade
> A cena se altera é uma pedra bem alto contra
> uma colina e lá está e acima de onde terão
> tempo. Não mais para cima abaixo é uma ruína que é um castelo
> e haverá uma cor acima dela. Pintura agora depois de
> seu grande momento deve voltar a ser uma arte menor.

Assim como Brøgger, Stein mescla referências à percepção, reflexão sobre arte e descrição de paisagem com imagens padrão ou clichês ideológicos da América como o Monte Rushmore e a terra da liberdade. No caso de Brøgger, a inspiração de Stein é menos uma questão de conteúdo temático do que de princípios estéticos. Nesse caso não há nenhuma referência a Stein; em outras obras, contudo, a referência é explícita.

O filme multimídia *Between Road and Grass* utiliza uma estrutura tripartite similar. Nele, porém, a coluna central tem as imagens em movimento do filme, enquanto as duas colunas que a flanqueiam são slides estáticos de uma seção de estrada asfaltada (à esquerda) e relva (à direita). Ele pode ser descrito como um filme experimental na tradição de Warhol de telas divididas, como uma pintura eletrônica ou como uma combinação de Rauschenberg. O filme também vem numa versão em papel, com a palavra VEJ (estrada) impressa onze vezes numa coluna à esquerda e GRÆS (relva) onze vezes numa coluna à direita. Entre essas margens de estrada e relva há um texto que registra estados de espírito, locações e qualidades mutáveis[40].

VEJ——————et TOMT glas——————GRÆS
VEJ————en skarp KLIRRENDE lyd————GRÆS
VEJ—————tre HVIDE trappetrin————GRÆS
VEJ—en pludselig og YNDEFULD bevægelse—GRÆS
VEJ—knortede GAMLE eucalyptustræer———GRÆS
VEJ———————et LANGT ar———————GRÆS
VEJ——————et STORT glas——————GRÆS
VEJ——en spændt ULIDELIG atmosfære———GRÆS
VEJ——————en SMUK karaffel—————GRÆS
VEJ——————en FEJENDE vind——————GRÆS
VEJ———————en BLIND mand———————GRÆS

Figura 3. Stig Brøgger: Between Road and Grass.

Esse texto é um poema visual, impresso em letras verdes sobre papel pardo sugerindo o asfalto e também a relva verde. Foi inspirado pela escrita de Gertrude Stein e, de acordo com o desagrado da autora com substantivos, ele literalmente ilumina mais os adjetivos do que os substantivos, apontando sobretudo para os estados sensuais e emocionais em vez de apontar para os objetos que também estão ali: “an EMPTY glass/ a sharp RATTLING sound/ three WHITE steps/ a sudden and GRACEFUL movement” (“um copo VAZIO/ um som agudo CHOCALHANTE/ três degraus BRANCOS/ um movimento súbito e GRACIOSO”), dizem as quatro linhas de cima. Mais do que retratos de objetos, o texto dá ao leitor vislumbres de coisas afetadas pelas ações de alguém: alguém esvaziou o copo, produziu o som, notou ou subiu os

40 O filme multimídia *Between Road and Grass* foi mostrado na exposição de arte

degraus e fez um movimento súbito. Não há narrativa no texto, o leitor tem que unir as peças de sua própria versão que esses vislumbres poderiam totalizar — da mesma forma que o leitor tem que criar coerência num texto de Gertrude Stein.

Stig Brøgger não apenas experimentou escrever ao modo de Stein; obviamente também usou as composições dela como inspiração para sua obra em outras mídias e artes, não somente na década de 1960, mas também muito depois. Essa reflexão sobre os métodos de composição de Stein em relação ao trabalho dele como artista visual encontra uma expressão visível em uma das pinturas de Brøgger bem posterior. Ele comprou algumas das novas edições das obras de Stein publicadas pela *Something Else Press*. E numa reação direta à leitura de *How to Write*, de Gertrude Stein, ele produziu a pintura *How to Paint* (1993-1994)[41].

A pintura tem também uma estrutura tripartite. O centro é uma tela vazia. A terça parte à esquerda é uma colorida pintura abstrata mostrando amarelo, vermelho, azul e respingos de tinta marrom claro sobre um fundo preto e branco. E a terça parte à direita exibe um retrato de Gertrude Stein baseado numa foto em preto e branco. Ela aparece no fundo do quadro, mãos e rosto emergindo do vestido que quase não se distingue da superfície branca que a circunda e que preenche a metade superior da tela.

Tradução de Luci Collin

REFERÊNCIAS

BENSE, Max. "Kosmologie und Literatur. Über Alfred N. Whitehead und Gertrude Stein". *Texte und Zeichen*, 3, 1957.

Prospect 71 em Dusseldorf, Alemanha 1971. Mellen grœs og vej está incluído na publicação conjunta *MIDWAY*, produzida por Stig Brøgger e Mogens Møller para o Festival 200 em Charlottenborg 1969, posteriormente reimpressa pela editora Rhodos.

41 Stig Brøgger , How to Paint (1993-94). Óleo e cera sobre tela, 240 x 480 cm. Arken Museum (ARK43).

BORUM, Poul. *Poetisk modernisme.* Copenhagen: Stig Vendelkjærs Forlag, 1966.

CHRISTIANSEN, Henning. *To Play To Day*, 1964.

______. EN ROSE TIL FRK, STEIN, opus 31, Copenhagen: edition: Panel 13/2 1965.

______. 'A ROSE IS...", *ta*' n°. 2. Copenhagen: Bergs Forlag, 1967.

HEISSENBUTTEL, Helmut. "Reduzierte Sprache. Über ein Stück von Gertrude Stein". *Augenblick.* Vol. 1, n°. 4, 1955: 1-16.

______. "George Büchner Preis Rede 1969". *Text und Kritik.* 25, 1970.

______. "Jedermans vierte Rose. Paraphrasen zum 100. Geburtstag der Gertrude Stein". *Stuttgarter Zeitung*, 2, Fev. 1974.

______. "Meine oder die fünfziger Jahre". In: *Jörg Drews* (ed.) Vom 'Kahlschlag' zu 'movens'. Munique: Edition Text und Kritik, 1980.

MORELL, Lars. *John Davidsen plakater 1964-2003.* Aarhus: Dansk Plakatmuseum, 2003.

NIELSEN, Hans-Jørgen. "Anonymitetens formverden". *Vindrosen*, 3, 1966.

______. "WOOOSH!! Superhelte og Kybernetiske antihelte. Tegneserierenaissancen". *'Nielsen' og den hvide verden.* Copenhagen: Borgen, 1968a.

______. "Sproget har mange sider". *'Nielsen' og den hvide verden.* Copenhagen: Borgen, 1968b.

RÜHM, Gerhard. "Vorwort". *Die Wiener Gruppe.* Reinbeck bei Hamburg: Rowohlt 1967.

STEIN, Gertrude. "Portraits and Repetition". *Lectures in America.* Londres: Virago Press, 1988.

______. "Poetry and Grammar". *Lectures in America.* Londres: Virago Press, 1988.

______. "Idem The Same. A Valentine to Sherwood Anderson". In: *Ulla Dydo* (ed.). A Stein Reader: Gertrude Stein. Evanston: Northwestern University Press, 1993, 376-380.

______. "Guillaume Apollinaire". In: *Ulla Dydo* (ed.). A Stein Reader: Gertrude Stein. Evanston: Northwestern University Press, 1993, 278-279.

ØRUM, Tania. *De eksperimenterende tressere.* Copenhagen: Gyldendal, 2009.

Tradução intersemiótica de Gertrude Stein para dança

João Queiroz & Daniella Aguiar

Desde os anos 2000, Stein tem atraído a atenção de dançarinos e coreógrafos. Alguns exemplos incluem *,e [dez episódios sobre a prosa topovisual de gertrude stein]* (2008) de João Queiroz, Daniella Aguiar e Rita Aquino (Brasil); *5.sobre.o.mesmo* (2010) de João Queiroz (Brasil); *Always Now Slowly* (2010) de Lars Dahl Pedersen (Dinamarca); *Shutters Shut* (2004) de Sol León e Paul Lightfoot (Holanda); e *Four Saints in Three Acts* (2000) de Mark Morris (Estados Unidos). Eles são casos de tradução intersemiótica, um tópico de investigação em Literatura Comparada, Estudos de Tradução, Estudos Interartes, e Estudos de Intermidialidade. O fenômeno também tem sido chamado de adaptação (Clüver, 2011), transposição intersemiótica (Clüver, 2006), e transposição medial (Rajewsky, 2005). Cada termo enfatiza um aspecto diferente do fenômeno. Ele foi definido pela primeira vez por Roman Jakobson (1969: 65) como "interpretação dos signos verbais por meio de sistemas de signos não-verbais".

Neste capítulo, concentramos nossa atenção em algumas propriedades dos retratos literários de Stein relacionados aos experimentos visuais cubistas e a teoria Jamesiana da mente, com foco na *repetição* e no *presente contínuo*. Nós analisamos como estas propriedades foram intersemioticamente traduzidas em duas peças de dança — *Always Now Slowly* (2010)[42] e *,e [dez episódios sobre a prosa topovisual de gertrude stein]* (2008)[43].

---

42 Coreografia: Lars Dahl Pedersen; Dançado por: Louise Hyun Dahl, Petra Fors, Michael Tang Pedersen, e Jonathan D. Sikell; Desenho de luz: Thomas Bendiksen; Desenho de som: Mikkel Engel Gemzøe; Figurino: Camilla Lind; Consultora: Laura Luise Schulz.

43 Criação: João Queiroz, Daniella Aguiar, Rita Aquino; Argumento: João Queiroz, Daniella Aguiar; Interpretação: Daniella Aguiar, Rita Aquino; Espaço e luz: Adriano

O trabalho tripartite *Always Now Slowly* estreou no Dansescenen, Copenhagen. A primeira parte é um dueto feminino baseado no retrato de Stein, "Idem the Same: A Valentine to Sherwood Anderson" (1923); a segunda parte é um dueto masculino baseado em "If I Told Him: A Completed Portrait of Picasso" (1924); a terceira parte é um quarteto baseado na peça Three Sisters Who Are Not Sisters (1944). O espetáculo *,e [dez episódios sobre a prosa topovisual de gertrude stein]* estreou no Teatro Vila Velha, Salvador, Bahia. Um dueto, dividido em pequenos episódios independentes, traduziu os retratos literários "Orta or One Dancing" (1912), "If I Told Him: A Completed Portrait of Picasso" (1924) e trechos das peças *Four Saints in Three Acts* (1933) e *Listen to Me* (1936).

Abordagens muito diferentes foram usadas nestes dois trabalhos para traduzir o tratamento sintático das experiências de Stein e os efeitos relacionados à percepção do tempo, à repetição e insistência em muitos níveis de descrição — movimentos individuais, sequências de movimentos, entidades e objetos sonoros, comportamento da luz. Veremos como estas abordagens estão relacionadas, entre si, e com o trabalho de Stein[44].

Tradução Intersemiótica

Como o poeta e tradutor Haroldo de Campos enfatizou, a tradução criativa não está centrada na reconstituição da mensagem referencial, mas na *transcriação* de diversos níveis de organização do fenômeno traduzido. Baseado na noção de função poética da linguagem de Jakobson, e em oposição a ideia de tradução como transmissão de mensagem, Campos afirma que, na tradução de poesia, transcria-se o próprio signo, sua própria materialidade:

Mattos Corrêa; Música original: Edson Zampronha; Figurino: Amábilis de Jesus; Design: Phillip Rodolfi; Fotografia: Adriano Mattos Corrêa, João Millet Meirelles.

44 Sobre nossa abordagem de tradução intersemiótica, ver Queiroz e Aguiar (2013), Aguiar e Queiroz (2013, 2010). Sobre uma abordagem deste fenômeno com relação a atividades criativas, em artes, ver Aguiar, Atã e Queiroz (2014); Queiroz & Atã (no prelo).

Será sempre criação paralela, autônoma, porém recíproca. [...] Uma tradução isomórfica seria, por definição, uma tradução icônica. Lê-se no meu ensaio [Da Tradução como Criação e como Crítica]: 'Numa tradução dessa natureza não se traduz apenas o significado, traduz-se o próprio signo, ou seja, sua fisicalidade, sua materialidade mesma (propriedades sonoras, de imagética visual, enfim tudo aquilo que forma, segundo Charles Morris, a iconicidade do signo estético, entendido por signo icônico aquele que é de certa maneira similar aquilo que ele denota. (Campos, 1997: 52)[45]

A tradução criativa é uma recriação de "equações verbais". Sumariamente, relações isomórficas, de "parentesco", percebidas entre diversos níveis de organização (e.g. fonético-semântico, sintático-morfológico), e descritas como "equações verbais", são recriadas do signo-fonte ao signo-alvo. Sobre esta noção, afirma Jakobson:

Em poesia, as equações verbais são elevadas à categoria de princípio construtivo do texto. As categorias sintáticas e morfológicas, as raízes, os afixos, os fonemas e seus componentes (traços distintivos) — em suma, todos os constituintes do código verbal — são confrontados, justapostos, colocados em relação de contiguidade de acordo com o princípio de similaridade e de contraste, e transmitem assim uma significação própria. (Jakobson, 1969: 72)

Uma tradução recria um sistema multinível de relações. Esta afirmação enfrenta um problema adicional quando tratamos do fenômeno da tradução intersemiótica. Parece teoricamente "natural" descrever uma tradução interlinguística como uma relação entre níveis equivalentes de descrição, entre signos fonte e alvo (fonológico-fonológico, morfológico-morfológico, sintático-sintático). O problema é que uma tradução intersemiótica não exibe esta propriedade. Não há, ao menos intuitivamente, uma relação de correspondência entre níveis tão distintos como morfologia do texto e vocabulário motor do dançarino. Uma dificuldade previsível é, portanto, como comparar tais níveis. Nós tentamos enfrentar diretamente este problema. Nossa abordagem depende da ideia de sistema semiótico como sistema multinível de organização e descrição (Queiroz e El-Hani, 2006). Assim, uma tradução intersemiótica é descrita como um tipo de relação entre sistemas multiníveis. Nesta operação, os níveis se restringem mutuamente. Uma

45 Ver também Paz & Campos (1986: 89).

observação importante é que, embora possamos descrever "espaço cênico" sem referência direta a "vocabulário motor", eles estão restringindo-se todo o tempo.

Uma tradução intersemiótica opera em diferentes níveis descritivos, selecionando aspectos e propriedades relevantes do signo-fonte, e traduzindo-os de acordo com novos materiais e processos. Em termos descritivos, os níveis tem um certo gradiente de autonomia e estão coordenados por restrições e coerções mútuas e relações de dependência. Por exemplo, da literatura para dança, níveis linguísticos e paralinguísticos (ritmo, prosódia, sintaxe, entre outros) podem ser traduzidos em dinâmica de movimentação, organização do espaço, iluminação, figurino, cenografia, etc. É notável que um mapa de correlações não possa ser facilmente estabelecido entre níveis de diferentes sistemas de signos.

Tempo e repetição em Gertrude Stein

As experiências de Stein se distribuem por diversos gêneros e estilos, de peças de teatro, e libretos, até uma história infantil e de detetive, passando por retratos literários, autobiografias, romances, palestras e ensaios filosóficos. Jamais adequada aos formatos tradicionais, pode-se afirmar que sua obra é, até hoje, inclassificável e imprevisível (Kimmelman et al, 2008: 573).

Abordaremos duas fases de seu trabalho. A primeira se inicia com *Three Lives* (1909) e culmina nas experiências de *The Making of Americans* (1925). Esta fase é "incrementada" de forma radical com diversos retratos literários, baseados no uso sistemático da repetição criando um "novo tipo de realismo", como William James caracterizou *Three Lives* (Gallup, 1953: 50). O trabalho mais importante da segunda fase, que se sobrepõe cronologicamente a primeira, é *Tender Buttons* (1913). Esta divisão da obra de Stein não pretende criar uma tipologia fixa, temporal ou estilística, mas indicar certas tendências predominantes. Stein criou originalmente, em diferentes padrões e formatos, dificultando qualquer classificação ortodoxa, diacrônica ou estilística.

Stein foi fortemente influenciada por James, em questões relacionadas à identidade, memória, e, mais especialmente, ao fluxo do pensamento e consciência. Ela também incorporou técnicas composicionais desenvolvidas por Cézanne e Picasso, tais como método multiperspectiva, composição metonímica e colagem. O resultado é considerado uma literatura proto-cubista. O retrato "Orta or One Dancing" (1912) é um bom exemplo: "This one is one having been doing dancing. This one is one doing dancing. This one is one. This one is one doing that thing. This one is one doing dancing. This one is one having been meaning to be doing dancing. This one is one meaning to be doing dancing" (Stein, 1998: 287). Neste fragmento Stein tenta a "tarefa aparentemente impossível de capturar o fluxo inarticulado de sua própria consciência" (Hoffman, 1965: 213)[46]. Ela explora os efeitos da deformação e dilatação da experiência consciente, materializando a noção de fluxo do pensamento de James. Além disso, neste fragmento observam-se características cubistas, tais como o uso de pequeno número de componentes e sua repetição em diferente posições sintáticas, sugerindo múltiplas perspectivas da mesma ação ou evento.

Destacamos duas propriedades, analisadas por muitos autores, que são cruciais para compreender as traduções para dança. *Repetição* e *presente contínuo* são procedimentos que relacionam a teoria da mente de James e o cubismo visual de Picasso. Stein converte o tempo em um nova forma de experiência. O *presente contínuo*, cujo efeito imediato é a interrupção do fluxo temporal, é um dos aspectos mais surpreendentes de seus experimentos, e um dos mais controversos.

A análise de Jakobson do tempo na poesia, particularmente da experiência produzida pelo verso, é capaz de revelar a dinâmica dos efeitos temporais percebidos e experimentados nos escritos de Stein. Para Jakobson, a linguagem verbal geralmente é tomada por duas imagens do tempo — "de um lado, o tempo do evento da fala e de outro o tempo do evento narrado. O confronto entre estas duas dimensões é particularmente evidente na arte verbal" (Jakobson e Pomorska, 1985: 21-22). Jakobson se refere ao verso como a expressão que fornece a

46 Todas as citações em língua estrangeira foram traduzidas pelos autores do capítulo.

mais intensa experiência do tempo verbal, porque o verso "simultaneamente carrega dentro de si os dois tipos". Ele continua:

> O verso pertence a nossa experiência imediata da atividade da fala, motora e auditiva. Ao mesmo tempo, nós experimentamos a estrutura do verso em estreita conexão com a semântica do texto poético — se considerar se há harmonia ou conflito entre a estrutura do verso e a semântica do texto — e desse modo o verso se torna uma parte integral de uma... É difícil imaginar uma sensação do fluxo temporal que seria mais simples e ao mesmo tempo mais complexa, mais concreta e mais abstrata. (Jakobson, 1985: 74-75)

Nós podemos observar no trabalho de Stein a experiência imediata da fala e o evento narrado na estrutura e semântica do texto. Os retratos da primeira fase de Stein parecem intensificar o efeito temporal que Jakobson descreve como produzido pelo verso, porque estes retratos reiteram a experiência do tempo presente.[47] No pequeno fragmento de "Orta or one dancing", citado acima, algumas características dos retratos de primeira fase relacionados a experiência do tempo presente são muito destacadas. No nível estrutural, a repetição de palavras, sentenças e parágrafos, com sutis variações, parecem reintroduzir continuamente novas experiências do mesmo pensamento. Ao mesmo tempo, o uso do presente contínuo cria o efeito temporal de um "presente insistente", em nível semântico.

A partir de *Three Lives*, Stein "congela" o tempo. Ela modela a percepção do tempo ao iconizar o fluxo do pensamento dos personagens em "Melanctha", e dela própria em *The Making of Americans* e nos retratos. Se, de acordo com James, o pensamento é contínuo, a única forma de representar esta propriedade é converter o texto em um momento contínuo no tempo presente. Como Hoffman (1976: 34) afirma, "uma vez que toda ação tem lugar no momento presente e uma vez que todo ser humano expressa sua natureza básica através da ação repetida, o único modo válido de descrever um sujeito é reportar as

47 Wendy Steiner (1978) divide a produção dos retratos de Stein em três fases. De acordo com a autora, a primeira fase descreve os retratados através de suas atividades. A maioria é de retratos de artistas e, em diversos textos, Stein estabelece uma identidade entre o artista e seu trabalho, uma relação entre "ser" e "fazer". Entre as características mais proeminentes desta fase estão: surpreendente uso da sintaxe, vocabulário e estruturas sonoras limitadas, repetição e procedimentos relacionados ao presente contínuo.

repetições de seu comportamento durante momentos contínuos do presente". Para James, a percepção do tempo passado, ou futuro, está sempre misturada ao presente — "os objetos se desfazem lentamente na consciência. Se o pensamento presente é A B C D E F G, o próximo será B C D E F G H, e o seguinte C D E F G H I" (James, 1905: 606).

O interesse de Stein pelo tempo está muito relacionado às especulações de James sobre o tema. Para James, pouco a pouco, o presente é deixado para trás recebendo nova informação do futuro. Esta abordagem do tempo, baseada na ideia de *presente contínuo*, consiste em uma "uma série de declarações similares, mas não idênticas, cada uma percebida como um agora. O fato de que as sentenças são similares, mas não idênticas, [...] é uma imitação de uma percepção do agora onde cada coisa está em constante fluxo" (Steiner, 1978: 52). Stein desenvolveu diversas técnicas para criar este presente. No nível macroestrutural do texto, ela usa reiterações no parágrafo, conforme ele é reescrito de forma quase idêntica com sutis variações. As sentenças são também repetidas, no mesmo parágrafo e nos seguintes, sempre com sutis diferenças. Parágrafos e sentenças são compostos sempre com poucas palavras. A repetição produz um novo começo, e uma nova experiência tem lugar. Os retratos são a experiência da autora observando o retratado. Ela recomeça a sentença e o parágrafo porque seus pensamentos estão mudando, criando uma nova experiência baseada na observação da pessoa retratada. "Four Dishonest Ones" (1911), por exemplo, tem sucessivos novos começos de uma sentença, em diferentes parágrafos.

> She is one working. She is one not needing to be changing. She is one working. She is one earning this thing earning not needing to be changing. She is one not needing to be changing. She is one being the one she is being. She is not needing to be changing.
> She is earning being one working. She is going on earning being one working. She is working. She is not needing being changing. (Stein, 1974: 216)

Outra característica relacionada ao presente contínuo e facilmente observada no retrato "Four Dishonest Ones" está relacionada ao tempo verbal. O uso constante do particípio presente tem o efeito de desacelerar o ritmo ordinário associado ao inglês *standard*. Podemos interpretar o presente contínuo como um procedimento, cujo efeito transforma a linguagem num fenômeno processual (Levin, 1999: 154; Sutherland, 1971). Para Norman Weinstein (1970, 45), "sua experimentação estilística pode ser vista como tentativa de um escritor para capturar a vida através da linguagem, para capturar o processo de viver recriando o inglês para torná-lo uma língua mais orientada ao processo". De acordo com Joan Retallack (2008: 6), "o presente contínuo experimentado no pulso de suas palavras eram parte de seu projeto de registrar um novo sentido do tempo peculiar a sua época — não escrever como se ainda estivesse no século XIX". Retallack também afirma que, na palestra "Composition as Explanation" (1925–26), Stein

> reconceitualiza radicalmente a natureza do que a dimensão temporal da escrita poderia ser, postulando a ideia revolucionária de que alguém estaria realmente compondo o 'tempo da composição' no 'tempo na composição', não falando sobre o tempo, mas através do arranjo e progressão e tempo implícito das palavras.

Ritmo é outro aspecto do tempo que Stein usou para intensificar o sentido do presente. Meschonnic é um autor que insiste na ideia de que o ritmo transforma o resultado do processo semiótico, porque modifica o significado (Meschonic, 2010: 46; ver Paz, 1976: 11). O ritmo é a materialização do tempo através da estrutura do texto. Em alguns de seus retratos, e outros textos, Stein explora os efeitos do ritmo. O ritmo parece ser mais importante do que a dimensão semântica do presente contínuo. Perloff (1979: 34) mostra como o ritmo em "Susie Asado" (1913), o retrato de uma dançarina flamenca, é a materialização das batidas de seu calçado.

> Sweet sweet sweet sweet sweet tea.
> Susie Asado.
> Sweet sweet sweet sweet sweet tea.
> Susie Asado.
> Susie Asado which is a told tray sure.
> A lean on the shoe this means slips slips hers. (Stein, 1990: 549)

No retrato "La Argentina", o ritmo flamenco é percebido nas asserções e sentenças. As batidas no começo, a repetição de "sweet", como o som dos sapatos do dançarino contra o solo. O retrato "recria", através de rima e repetição, o ritmo da dança flamenca. Sobre a importância da prosódia, e sobre como o ritmo atua no processo de significação e na percepção do tempo através da leitura, especialistas frequentemente enfatizam a oralidade dos textos de Stein. Nesse exemplo, a melhor forma de experimentar os sapatos da dança batucando no solo é lendo o texto em voz alta. A repetição e o acúmulo de palavras similares, suas rimas, e o uso insistente de monossílabos produzem padrões rítmicos surpreendentes.

O uso repetitivo de um reduzido vocabulário tem sido duramente criticado. Mas é óbvio, concordando com Wallace (2010: 110), que "não se trata de balbuciamento de um bebê, som e fúria de nada significativo: é a linguagem significando como a linguagem se adequa a realidade". Para Pheulpin (1995: 21), a repetição no trabalho de Stein é o modo de penetrar na estrutura interna da linguagem e estabelecer assim um ponto, uma passagem com o espaço quadridimensional do objeto apresentado pelas pinturas cubistas. É ela que permite que a linguagem verbal designe o referente, o objeto, sob seus múltiplos aspectos ou configurações". Pheulpin também observa que, quando usa a repetição como ela o faz, "Stein liberta a linguagem de sua função comunicativa." Para Weinstein (1970: 44), a repetição tem consequências em *The Making of Americans*, revelando uma realidade não-hierárquica:

> Se todas as pessoas, objetos e eventos têm a mesma significação, então todas as palavras usadas para descrever a consciência desta realidade são de igual significância. E se todas as palavras têm a mesma significância, então o peso semântico de palavras singulares importa menos do que o arranjo plástico das palavras em termos do fluxo como um todo. [...]
> Suponha que as palavras individuais não sejam mais usadas para se referirem a realidades singulares, mas que todas as palavras estejam subordinadas ao próprio fluxo. Uma vez que este dispositivo é colocado em prática, as possibilidades de organização de palavras se tornam quase infinitas. A rigidez da posição das palavras na língua inglesa é um produto de nossa insistência de que a linguagem comunica semanticamente com a máxima claridade. (Weinstein, 1970: 44)

A linguagem se torna um ícone do tempo presente, em fluxo, mimetizando o modo como percebemos nossa experiência temporal.

Dança: traduções intersemióticas

Nesta seção, analisamos como duas peças de dança contemporânea *Always Now Slowly* de Lars Dal Pedersen, e *,e [dez episódios sobre a prosa topovisual de gertrude stein]* de João Queiroz, Daniella Aguiar e Rita Aquino, traduziram Gertrude Stein.

Cada uma das três partes de *Always Now Slowly* baseia-se em fontes diversas e em características específicas da prosa de Stein. Abordamos a primeira e segunda partes. A terceira é a tradução de uma peça, *Sisters Who Are Not Sisters* (1943), e envolve relações entre literatura e dança diferentes daquelas estabelecidas na tradução dos retratos literários, que baseiam a primeira e a segunda partes.

Na primeira parte, observamos um dueto para duas mulheres, os dançarinos usam vestidos curtos, de estruturas similares e diferentes cores — um preto e o outro branco (ver Figura 1). O espaço cênico contém apenas quatro lâmpadas no palco. Elas produzem uma fraca luz âmbar, que constitui toda a iluminação para o dueto resultando em um ambiente escuro, em que mal podemos observar as dançarinas. Embora esta parte da dança exiba mais diretamente o retrato "Idem the Same: A Valentine to Sherwood Anderson", como fonte semiótica, Pedersen também considerou os retratos em geral.

FIGURA 1. DUETO DE *ALWAYS NOW SLOWLY*.

Podemos observar diversas estratégias coreográficas. A maior parte delas está associada à sintaxe, especialmente variações da repetição. Umas delas relaciona-se com *The Making of Americans*. No início da peça ouvimos um áudio, que é uma gravação de Stein lendo um fragmento do livro. A leitura gravada foi modificada, com algumas partes removidas e a ordem das sentenças alterada. O texto é reproduzido abaixo:

> Slowly everyone in continues repeating.
> Always again and again and again.
> Certainly everyone could be certain of the state hearing it again and again.
> In hearing it again and again having these agains and again.
> Everyone in continues repeating everyone in continues repeating
> Always be one hearing it again and again. Hearing again and again and again and again.

> Slowly everyone in continues repeating. continues repeating. continues repeating. continues repeating. continues repeating. continues repeating. continues repeating. continues repeating. Again and again[48].

O texto notavelmente "orienta" a interpretação da peça. O fragmento não apenas anuncia o que está para acontecer, mas prepara o espectador para a repetição na peça de dança. Enquanto o áudio está tocando, as dançarinas estão se movendo segundo padrões de repetição do texto. Cada dançarina realiza uma rotina coreográfica em que alguns movimentos são repetidos e a rotina é reiniciada. A dançarina de branco atua em "espasmos", numa dinâmica angular e rápida. A outra, de preto, se move com fluidez, sinuosamente. A relação entre texto e movimento torna-se clara — as repetições irregulares são o foco da tradução.

Outra notável estratégia coreográfica é a mudança na dinâmica temporal na execução da mesma sequência. Quando as mesmas trajetórias do corpo são executadas em diferentes dinâmicas de tempo, o observador hesita em afirmar que testemunha uma repetição. Não muda apenas a percepção da trajetória. Certas diferenças na duração do tempo, e o esforço muscular envolvido na execução, são alterados. O próprio movimento se transforma. Este efeito pode ser comparado àquele que nós experimentamos ao ler os retratos de Stein. Embora os procedimentos não sejam exatamente os mesmos, a repetição com sutis variações produz diferenças no texto e na dança. Nesta coreografia, diferentes manipulações do tempo, sequencialmente e gradualmente, contribuem para criar uma percepção do tempo estacionário, ou progressão gradual de "presentes".

Como exemplo, em uma das cenas, cada uma das dançarinas executa uma sequência coreográfica distinta e muda sua dinâmica temporal. As duas executam simultaneamente suas próprias sequências muitas vezes, alterando a velocidade de execução dos movimentos. Este procedimento cria uma sensação de reinício contínuo, novo e, surpreendentemente, idêntico. Ele está fortemente relacionado aos retratos

48 Transcrição do texto usado na obra, retirado do vídeo de *Always Now Slowly* cedido pelo coreógrafo aos autores.

da primeira fase de Stein, especialmente ao presente contínuo, onde a repetição progressivamente cria mínimas diferenças.

Outro exemplo de mudança na dinâmica temporal ocorre quando as dançarinas, posicionadas lado a lado, na parte direita do palco, executam movimentos calmos e fluidos com seus troncos e braços, sem deslocamentos no espaço. A dançarina, na parte esquerda, interrompe sua sequência, caminha até o lado oposto do palco, e recomeça outra e outra vez. Poucos segundos mais tarde, a outra dançarina se junta a ela, e ambas começam as mesmas sequências de movimentos, lenta e continuamente. Cada dançarina executa três movimentos, mas cada repetição é executada em diferentes velocidades e durações. No início, elas são lentas e controladas. Progressivamente, a velocidade aumenta e os movimentos se tornam mais vigorosos. Com a mudança na dinâmica do tempo, a coreografia explora a repetição de apenas alguns movimentos (três) em diferentes sequências. Os movimentos são transformados por sutis variações no tempo bem como por recombinações sintáticas, já que um movimento muda a percepção daquele que o sucede.

As dançarinas abruptamente se separam, se movendo ampla e vigorosamente no palco. É possível observar nesta cena outra estratégia de repetição. Todos os movimentos são pendulares[49], repetidos sucessivamente. Esta exploração da repetição revela algo distinto da modificação da dinâmica temporal: a ação que é indefinidamente repetida até sua substituição por outra ação, é executada da mesma forma, com a mesma duração, esforço muscular, e velocidade, em todas as repetições. O espectador percebe esta cena como a realização da mesma ação, de tal forma que os dançarinos parecem estacionados em suas ações, sem desenvolvimento ou transição de um movimento para outro.

Quando alguém observa esta primeira parte, macroscopicamente, outra estratégia torna-se evidente: na conclusão, a coreografia e a música do início são repetidas. Este recurso composicional sugere uma dramaturgia cíclica em que o ciclo é completado quando algo do início

---

49 Movimento pendular tem uma trajetória espacial similar a do pêndulo, indo e voltando de modo contínuo.

aparece ao final. O movimento contínuo e fluido neste dueto faz a conexão entre um movimento e o próximo, que é central à primeira parte de *Always Now Slowly*. Os padrões de movimento não são parte de uma técnica de dança específica, mas é fácil reconhecer certos vocábulos, tais como rolamento, deslizamento, bastante conhecidos em dança contemporânea. Esta escolha indica que a morfologia[50] de movimentos não é um aspecto importante na tradução de Stein nesta peça. Entretanto, ao concentrar-se na repetição, a coreografia desta primeira parte iconicamente materializa, de diferentes formas, a percepção do tempo que experimentamos nos retratos de Stein.

A segunda parte da peça também é um dueto, masculino (Figura 2). O figurino é exatamente o mesmo para ambos os dançarinos. Antes desta parte começar, ouvimos Stein lendo o seguinte fragmento do retrato "If I Told Him: A Completed Portrait of Picasso": "He he he he and he and he and and he and he and he and and as and as he and as he and he. He is and as he is, and as he is and he is, he is and as he and he and as he is and he and he and and he and he" (Stein, 2008: 192).

Pode-se observar que um fragmento do retrato é feito de repetições das palavras "he," "and," "as," e "is." A reiteração destes vocábulos é a principal propriedade que a audiência experimenta nesta parte. O dueto intensifica a repetição de "he" no espaço e no tempo. A despeito do uso deste fragmento como epígrafe, nenhuma obra específica de Stein serve como fonte principal para este dueto. Ao invés disso, a fonte é um procedimento geral percebido nos retratos de Stein — especialmente da primeira fase, e em alguns casos, da segunda. A mudança gradual através da repetição é uma tendência no trabalho de Stein em diversas fases. A segunda parte de *Always Now Slowly* pode ser descrita como dois homens continuamente repetindo movimentos até que eles sejam sutilmente alterados.

---

50 "Morfologia" é usada aqui em seu sentido vernacular de forma e estrutura de algo. No contexto da dança, é usado em referencia à forma dos movimentos.

FIGURA 2. DUETO MASCULINO DE *ALWAYS NOW SLOWLY*.

Embora se relacione com a repetição como procedimento geral de Stein, como ocorre também no dueto feminino, este dueto faz uso de um novo recurso — o cânone. Cânone, ou *canon*, é uma estratégia de composição musical em que diferentes vozes imitam uma melodia cantada pela primeira voz, iniciando-se uma após a outra[51]. Em dança, o mesmo termo é utilizado quando diferentes dançarinos realizam uma mesma sequência de movimentos, mas o segundo inicia depois do primeiro, e assim sucessivamente, de modo que a "imitação" se sobrepõe, mas não alcança sua predecessora, terminando cada dançarino em um tempo diferente.

51 *Canon* é uma "forma musical e técnica de composição baseada no princípio da imitação estrita, no qual uma melodia inicial é imitada em um específico intervalo de tempo por uma ou mais partes, tanto em uníssono (i.e, mesmo andamento) ou em algum outro andamento", de acordo com <*http://global.britannica.com/EBchecked/topic/92848/canon*>. Em música há vários tipos de *canon*, mas usamos este termo de modo geral.

O uso do *canon* neste trabalho, entretanto, é pouco convencional. Na segunda parte, existe uma alternância entre o *canon* e o uníssono. A mesma sequência coreográfica é executada em *canon* e depois em uníssono, sucessivamente. Essa alternância é uma forma peculiar de traduzir a repetição em Stein. Durante o *canon*, um dançarino torna-se eco de outro.

Em alguns momentos, uma diferença torna-se notável no *canon*: os dançarinos não estão executando a mesma coreografia. Eles dançam coreografias correspondentes, como se uma fosse tradução da outra. Para cada movimento da primeira sequência coreográfica há um correspondente na segunda. Por exemplo, o primeiro dançarino move sua perna, o segundo também. Entretanto, o movimento do segundo não é o mesmo; é feito com a mesma perna e tem a mesma duração e dinâmica que o do primeiro, mas com forma diferente. O início desta parte é exemplo de uma exploração distinta do *canon*. Depois da epígrafe, a cena lentamente se ilumina e é possível ver os dois dançarinos, lado a lado, de frente para a plateia. Eles realizam sucessivamente sequências coreográficas sutilmente diferentes. Realizado desta maneira, o *canon* reforça a repetição. O coreógrafo modifica o próprio *canon* para traduzir aspectos relevantes do trabalho de Stein.

Além disso, esta primeira sequência coreográfica é explorada de modos distintos — em *canon* de frente para o público, em uníssono de frente para o fundo do palco, com diferentes dinâmicas, e numa versão em uníssono em que os dançarinos estão frente a frente. Como na primeira parte, o vocabulário é fluido e leve. Os dançarinos iniciam os movimentos com a cabeça, os braços, ou outras partes do corpo, e a primeira parte conduz a outras por continuidade num movimento fluido e em cadeia. Deste modo, o corpo se move em sucessão, como a coreografia ocorre através da estratégia do *canon* do primeiro para o segundo dançarino. Como na primeira parte, a escolha de uma qualidade de movimento prioritariamente fluida e contínua parece não resultar de uma tradução de Stein. Ela parece ser determinada pelo histórico artístico e técnico do coreógrafo e dos dançarinos.

Como na primeira parte, a repetição é o foco principal. A sintaxe concentra os experimentos de tradução. Observam-se diferentes usos da mesma estratégia do *canon*. O eco cria um efeito temporal que pode ser iconicamente comparado ao presente contínuo de Stein. Repetir uma sequência de movimentos com atraso temporal entre um dançarino e outro cria a sensação de que o tempo não está progredindo. Apesar das estratégias coreográficas serem simples e bem conhecidas, são aplicadas de modo contundente neste trabalho — seleciona os principais procedimentos e o efeito do trabalho de Stein e os recria em dança.

A obra de dança *,e [dez episódios sobre a prosa topovisual de gertrude stein]* é um dueto feminino irregularmente dividido em episódios ou partes semi-independentes. Como o exemplo dinamarquês, esta tradução tem mais de um texto literário como fonte. Apesar de se relacionar com os retratos de Stein de modo geral, a obra de dança está focada em quatro textos: um fragmento da peça *Four Saints in Three Acts*, o retrato da primeira fase "Orta or One Dancing," o retrato da segunda fase "If I Told Him: A Completed Portrait of Picasso," e um fragmento de *Listen to Me*.

Dois episódios usam retroprojetores. O primeiro, no início do trabalho, é a encenação de um fragmento da peça *Four Saints in Three Acts*, com tradução de Augusto de Campos (2006: 244–247). Ele consiste na composição de palavras em duas telas usando folhas de transparência. Cada unidade monossilábica ocupa uma transparência, cobrindo quase toda a tela. A cena é transformada em um dueto de dança pela variação da velocidade e trajetórias com as quais as dançarinas manipulam as folhas sobre o equipamento, criando um diálogo entre as telas. Desse modo, a cena consiste numa composição de palavras, com folhas de transparência como uma extensão do corpo das dançarinas.

Neste episódio, manipula-se manualmente a fisicalidade de palavras monossilábicas. Ao final do episódio, a palavra "Dez" é sobreposta por transparências idênticas, e os espectadores seguem sua acumulação, visualmente muito distinta da palavra "Dez" exibida isoladamente no outro retroprojetor (Figura 3). Uma combinação de ideias de Stein é explorada: a materialidade da palavra escrita, repetição, a diferença através da repetição, e a acumulação de instâncias idênticas da mesma palavra. Similar ao que ocorre com o áudio da leitura de Stein de um trecho de *The Making of Americans*, em *Always Now Slowly* o texto coreografado no retroprojetor funciona como uma epígrafe do trabalho de dança. Através da manipulação de um trecho do texto fonte, o primeiro episódio apresenta os principais aspectos da escrita de Stein que se torna o foco da obra coreográfica. Apesar de *Four Saints in Three Acts* ser uma ópera, este e outros aspectos do trabalho não são evidentes neste fragmento. A escolha deste trecho é adequada ao propósito da coreografia e não de uma encenação da peça.

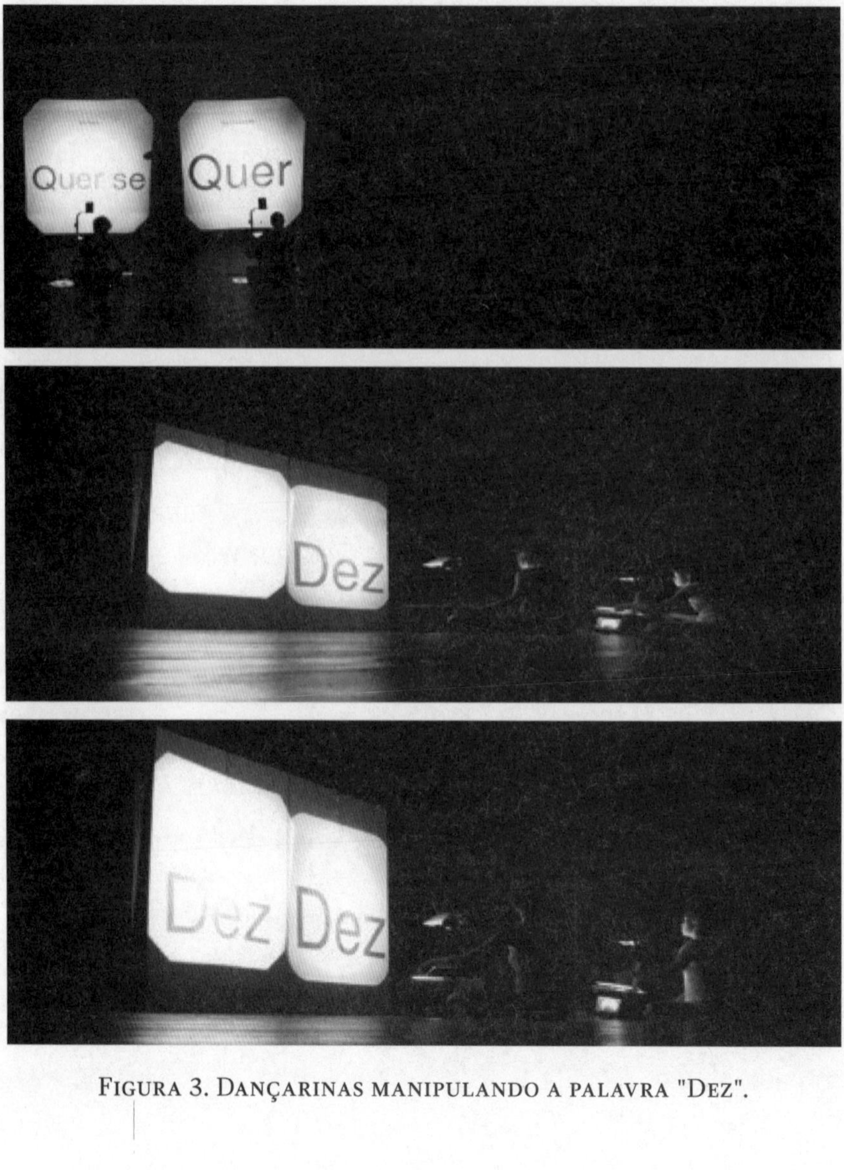

FIGURA 3. DANÇARINAS MANIPULANDO A PALAVRA "DEZ".

No segundo episódio, há apenas três ações que se repetem: andar, sentar e deitar. Tais ações são realizadas no espaço cúbico delimitado pela iluminação e por um diagrama impresso no chão. Cada dançarina se move em linhas retas, para frente e para trás, usando apenas as bordas laterais do cubo, em ações que se alternam. Além da repetição, há uma outra relação com o trabalho de Stein neste episódio. As três ações que constituem a coreografia não são parte de qualquer sistema ou técnica de dança. São movimentos triviais, que podem ser considerados movimentos de transição, ou seja, são frequentemente usados como transição de um movimento de dança para outro. Deste modo, recria-se o uso de *palavras de transição* ou termos relacionais, um recurso exaustivamente explorado por Stein. Como recriar, em dança, a ênfase nos conectivos, partículas transicionais, em geral, e advérbios? Neste episódio, as dançarinas apenas caminham, sentam e deitam, com precisão, sem permitir qualquer movimento que o público entenda como de dança. Não há fluidez entre uma ação e outra, contrariando outra propriedade familiar; ao contrário, o que se observa são ações, singulares, independentes e cotidianas.

O terceiro episódio é uma *partitura do olhar*. Nesta cena, as dançarinas, fora dos limites do cubo de luz e mais próximas do público, posicionam-se em frente a uma estante de partitura musical numa situação similar a de instrumentistas. As luzes de serviço estão acesas, o público percebe que uma ação está sendo realizada com o olhar das dançarinas. De fato, elas seguem uma partitura que prescreve para onde devem direcionar o olhar: para a partitura, para a companheira, para o público. O público observa a mesma ação que ele próprio realiza: a ação de olhar. As dançarinas assistem a performance do público. Mais uma vez há uma coreografia: neste caso a ação do olhar tem três variações estipuladas, de modo que repetição, movimentos mundanos, e a percepção do público são os temas explorados.

O quarto episódio é um solo realizado no espaço delimitado pela luz. Para esta cena apenas uma das linhas da estrutura de luz está acesa, com intensidade baixa, com foco na dançarina. Ela realiza movimentos muito pequenos e curtos, espasmódicos, criando vetores com distintas partes do corpo (Figura 4). Como no terceiro episódio, o público aqui precisa de tempo para perceber que algo está acontecendo. Mais uma vez, o episódio concentra-se nos hábitos de recepção do público.

Figura 4. Sequência de movimentos muito pequenos, "microscópicos".

Assim como ocorre com os retratos de Stein da primeira fase, observa-se neste episódio uma cena que não se desenvolve, criada pela sucessão de movimentos em luz baixa, em que a diferença entre os movimentos é de difícil percepção. Entretanto, quanto mais insistente for o espectador desta peça, melhor perceberá que a dançarina apresenta uma sucessão de movimentos ou posições corporais minimamente distintas. Adicionalmente, o episódio explora o tamanho dos vocábulos. O fragmento do retrato de Picasso, "If I told Him: a completed portrait of Picasso", é um exemplo da composição monossilábica de Stein:

He he he he and he and he and and he and he and he and and as and as he and as he and he. He is and as he is, and as he is and he is, he is and as he and he and as he is and he and he and and he and he.

. . .

As trains.
Has trains.
Has trains.
As trains.
As trains. (Stein, 2008: 192)

O uso de pequenos vocábulos cria um ritmo peculiar de leitura que pode ser chamado de *staccato*, outro termo emprestado da música. A recriação deste ritmo é obtida através de uma sequência quase microscópica de movimentos de partes do corpo, durante poucos segundos, criando a ilusão de uma dançarina imóvel. Por exemplo, movimentos mínimos e angulares do cotovelo, ombro, cabeça e quadris são realizados em sequência, quase imperceptíveis. Ao realizar movimentos tão pequenos, a dançarina traduz os monossílabos na linguagem verbal e, ao mesmo tempo, reproduz o ritmo imposto pela leitura de tais elementos. Deve-se notar que neste episódio todos os elementos são apresentados em sua configuração mínima: apenas uma das dançarinas está atuando, os movimentos são pequenos, e a luz, baixa.

O quinto episódio é outro experimento com ênfase na repetição e nos vocábulos irrelevantes, como no primeiro episódio. Ele é uma transcrição direta de um trecho de "If I Told Him: A Completed Portrait of Picasso". O texto é usado como uma partitura em que há um movimento correspondente para cada palavra. O público não tem acesso ao texto fonte enquanto as dançarinas realizam a cena, posicionadas em frente a uma estante de partitura. Os movimentos escolhidos são cotidianos, ações pouco notáveis — ajustar a blusa, coçar o nariz, arrumar o cabelo (Figura 5). Mais uma vez, os criadores usam movimentos que não são tradicionalmente reconhecidos como dança, tratando-os coreograficamente. Os movimentos não são idênticos, e cada dançarina possui sua sequência de movimentos auto-referentes. A realização não é um uníssono exato; ora elas realizam os movimentos simultaneamente, ora em momentos diferentes, quase criando um *canon*, como em *Always Now Slowly*. A combinação de movimentos similares, mas não idênticos, e a alternância de uníssono e não-uníssono ampliam a percepção de repetição. Já presente no texto, a insistência no uso das mesmas palavras em ordens sequenciais diferentes, aparece na coreografia amplificada pelas estratégias utilizadas.

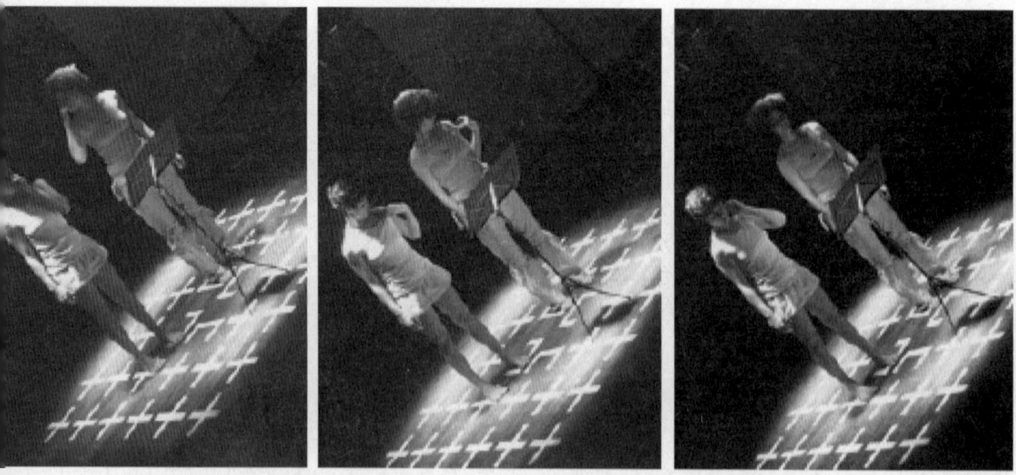

Figura 5. Dueto de movimentos irrelevantes.

Outro experimento com o retroprojetor é realizado usando um trecho da peça *Listen to Me*. Aqui, as mesmas estratégias coreográficas são utilizadas para manipular as transparências — cuidado na manipulação das folhas e controle coreográfico do tempo e do modo de colocá-las no equipamento. Entretanto, agora é um solo, não um dueto. Comparada à primeira cena do retroprojetor, a relação entre o texto escrito e a peça de dança é mais referencial, uma representação da natureza e da dinâmica do trabalho. O trecho funciona como uma metalinguagem do trabalho de dança, usando o seguinte trecho de *Listen to Me*:

> Quarto Ato. E o que é o ar.
> Quarto Ato. O ar é lá.
> Quarto Ato. O ar é lá no que há no ar.
> Por gentileza observem que tudo é de uma só sílaba e pois útil. Não produz sentimento, contém uma promessa, é um prazer, não necessita de estímulo, é só.
> Quarto Ato. O ar é só

Quarto Ato. Sim o ar é só
Quarto Ato. Só de que
Quarto Ato. O ar é só de ar.
Quarto Ato. Sim o ar é só de ar.
Quarto Ato. Sim
Quarto Ato. O ar
Quarto Ato. É só
Quarto Ato. De ar (Stein, tradução Augusto de Campos, 2006: 249)

O trecho, apresentado ao público através das transparências, destaca o modo composicional de Stein, o uso insistente de monossílabos. O texto também alerta o público para a seguinte característica —"Por gentileza observem que tudo é de uma só sílaba e pois útil" — e sugere sua suficiência: "Não produz sentimento, contém uma promessa, é um prazer, não necessita de estímulo, é só." É notável a estratégia e efeitos de linguagem steinianos. Ao usar o texto, a obra de dança também permite que a plateia acesse diretamente a estratégia coreográfica de usar monossílabos repetidos e suas propriedades. Isto cria um diálogo entre as percepções do público sobre dança, movimentos de dança, música para dança, a própria dança e suas convenções. Este trecho do texto, portanto, pode ser interpretado como metalinguagem da própria obra.

O último episódio de *,e...* é um experimento diádico com ênfase na dinâmica de "pura" ação e reação. Duas dançarinas estão sentadas em bancos, de frente uma para outra, no espaço delimitado do cubo de luz. A partir desta posição, tem início uma série em que se levantam e caminham uma na direção da outra, trajetória interrompida quando seus corpos colidem. Elas voltam para suas posições iniciais e começam um novo ciclo novamente, com variações. O começo (o momento em que iniciam), o desenvolvimento (a duração da caminhada), e o final (a colisão) são sutilmente diferentes em cada ciclo. Pode-se relacionar a estrutura deste episódio ao retrato "Orta or One Dancing." O seguinte trecho é um exemplo para comparação: "This one is one having been doing dancing. This one is one doing dancing. This one is one. This one is one doing that thing. This one is one doing dancing. This one is one having been meaning to be doing dancing. This one is one meaning to be doing dancing" (Stein, 1998: 287). A primeira correspondência direta entre dança e texto são os recomeços sucessivos. Stein inicia a mesma sentença diversas vezes, e introduz gradativamente novas sentenças. Do mesmo modo, as dançarinas sempre voltam para a posição inicial, sentadas, de frente uma para outra. Cada ciclo corresponde a uma sentença. Cada novo ciclo, como cada nova sentença, é similar ao anterior, com diferenças sutis. O episódio, pode-se afirmar, equivale a um parágrafo cujas sentenças se iniciam de forma similar.

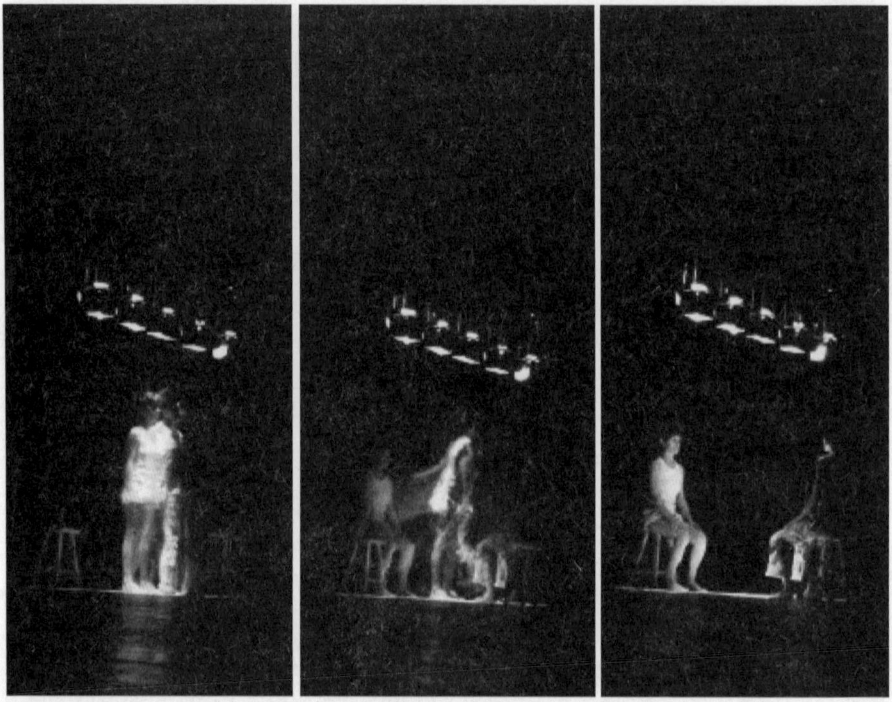

Figura 6. Experimento didático de colisões.

A obra de dança, que se comporta como um retrato de Stein, é dividida em episódios e não apresenta clímax ou relações hierárquicas entre suas partes. Ao mesmo tempo, há coerência interna entre essas partes, devido especialmente ao fato de que todos os episódios exploram as mesmas características da fonte, e as recriam através de diferentes procedimentos e materiais. Esta abordagem revela peculiaridades sutis do trabalho de Stein, já que cada episódio apresenta mais do que os aspectos familiares da repetição. Deste modo, uma paisagem de sutis diferenças substitui a "planície sem relevos" de que fala Augusto de Campos (2006: 219).

A coreografia em *,e [dez episódios sobre a prosa topovisual de gertrude stein]* também tem foco na percepção e atenção do público, ampliada pelo uso de iluminação com baixa intensidade, movimentos curtos e não considerados tradicionalmente como dança, além de congelamento do tempo e solenidade na execução das ações pelas dançarinas. A obra de dança produz uma imersão nesse ambiente. Ao não apresentar qualquer ação espetacular, seus mecanismos são muito diferentes de uma peça de dança convencional: não há qualquer demonstração de habilidades corporais extraordinárias, não há alterações de ritmo ou clímax para chamar a atenção do público. Uma peculiaridade desta tradução intersemiótica, comparada à coreografia de Pedersen, é o vocabulário motor. Cada episódio ou fragmento lida de um modo distinto com o tipo de movimento realizado, apresentando ao espectador um arranjo distinto de padrões de movimento com foco na tradução de Stein para dança.

Dança e literatura: tempo e sintaxe

Para Haroldo de Campos (1997: 55-56), a tradução criativa é orientada pela ideia do "fragmento". A tradução "é um modelo em miniatura, que lança sobre o original uma luz transpassante, capaz de revelar as virtualidades do todo numa exponenciação da parte" (Campos, 1997: 56). Nos trabalhos analisados, o *modus operandi* é intensivo e fragmentário. Em *,e [dez episódios sobre a prosa topovisual de gertrude stein]* pode-se observar como os fragmentos ampliaram os efeitos de alguns experimentos steinianos: repetição, frequência de palavras simples, irrelevantes e monossilábicas, e novos começos são intensificados, exponenciados, em cada fragmento. Não são enfatizados quaisquer aspectos referenciais de "Orta or One Dancing", por exemplo. De modo similar, *Always Now Slowly* criticamente seleciona aspectos relevantes da fonte para recriação. Esta característica compartilhada por ambos os trabalhos demonstra que seus objetivos não envolvem uma tradução submissa e leal; ao contrário, trata-se de uma interpretação crítica de Stein. Esta característica também revela um plano de ação compartilhado pelos criadores; tanto os trabalhos de Stein quanto suas traduções podem focar diferentes níveis de descrição, ativamente selecionados para recriações criativas em dança.

A sintaxe está relacionada às regras que governam as relações entre as palavras ou classes de palavras (Morris, 1970 [1938]: 14). Pode-se estender esta categoria para outros sistemas de linguagem, como a dança. Para Foster (1986: 59), o termo define "[...] as regras que governam a seleção e a combinação dos movimentos". Embora a autora reúna, sob uma única acepção, "seleção e a combinação", nos referimos apenas à combinação dos movimentos. Observamos diferentes estratégias para explorar propriedades sintáticas, a maioria delas relacionadas à repetição. Em *Always Now Slowly* e em *,e [dez episódios sobre a prosa topovisual de gertrude stein]* tais estratégias são combinadas para produzir repetição. Uma escolha compartilhada pelas traduções é o uso do dueto, a estrutura em que ambas as obras de dança são baseadas. Esta escolha enfatiza a repetição da sintaxe por meio de ecos e duplicações. O dueto parece ser o meio mais eficiente para enfatizar, por meio da tradução, aspectos relacionados aos experimentos de Stein com a sintaxe, especialmente nos retratos da primeira e da segunda fase. Uma sequência coreográfica realizada por duas dançarinas é sintaticamente diferente da mesma sequência realizada por uma dançarina — ou por um grupo.

Na tradução intersemiótica do retrato "If I Told Him", observado na obra de dança *,e...*, o dueto tem um papel importante na composição. Ele permite notar a variação sutil de uma sequência coreográfica que, se executada por apenas uma dançarina, não poderia ser observada. Por exemplo, em *,e...*, ainda que as dançarinas executem movimentos baseados em um mesmo texto, os movimentos correspondentes às palavras não são idênticos, mas de um mesmo grupo ou família de movimentos. Neste caso, o espectador, porque se trata de um dueto e de uma sequência coreográfica baseada na repetição, pode perceber as pequenas diferenças entre os movimentos de uma e outra dançarina, e também em que tipologia poderia agrupá-los.

Quando associado ao *canon*, o dueto observado na segunda parte de *Always Now Slowly* claramente modifica a percepção do tempo. Este modo de relacionar dueto e canon se aproxima das construções de Stein, em que o presente contínuo é o resultado da repetição de modificações sutis. De acordo com Luci Collin Lavalle (2003: 40), "as frases que fazem uso de palavras de frases anteriores geram um efeito de eco; o movimento que surge das palavras [...] relacionadas com condições temporais, nos leva a uma existência intensamente calcada na consciência do tempo presente".

Como já mencionado, além da deformação sintática relacionada à repetição contínua, o uso steiniano das formas verbais gerundiais intensifica os efeitos da percepção do tempo. Nos retratos de primeira fase de Stein, observa-se no nível semântico eventos gerados pelo uso insistente das formas gerundiais. No nível estrutural, há repetições sintáticas e de elementos sonoros. Deste modo, os níveis estrutural e semântico estão coordenados, ambos intensificam continuamente o tempo presente e a sensação de que testemunhamos um processo. O propósito do uso combinado de tais recursos semânticos e estruturais pode ser sistematicamente transgredir certas convenções literárias. Para Steiner (1978: 145), trata-se de mais uma analogia com o movimento cubista:

> tanto Stein quanto os cubistas reverteram o tratamento da temporalidade em suas artes. Onde o tema de uma pintura normalmente aparece em um momento estacionado no tempo, na arte cubista o tema é definitivamente um objeto temporal. Se, por um lado, a literatura normalmente desenvolve seus temas gradualmente de uma sentença para outra, adicionando novas informações enquanto ele se desenvolve, [por outro] os temas de Stein foram feitos para ser totalmente presentes, completamente desenvolvidos, em cada sentença atemporal.

Na dança, o tempo dificilmente é percebido no enunciado em termos semânticos. Podemos perceber esta categoria temporal quando observamos elementos narrativos explícitos cujos componentes, como figurino e música, nos informam sobre, por exemplo, a época em que ocorre a narrativa, ou a noção de começo, meio e fim, como é o caso dos grandes balés do repertório clássico (Álvarez, 2009: 2). Entretanto, em danças não narrativas, ou em casos de narrativas não-lineares, o que pode ser mais facilmente reconhecido é a estrutura coreográfica ou compositiva para a criação de um enunciado temporal, fortemente definido pela sintaxe.

Apesar da impossibilidade de estabelecer um correspondente para o tempo semântico, podemos mencionar certas convenções relacionadas à percepção do tempo na dança. A dimensão semântica, no sistema verbal, relaciona-se ao uso de entidades predominantemente simbólicas. De uma perspectiva relacionada à filosofia pragmática de C.S. Peirce, tais entidades fundamentalmente dependem de hábitos, normas, leis e convenções. Pode-se perguntar: que convenções atuam no reconhecimento do desenvolvimento temporal em uma coreografia? Para Álvarez (2009: 3), "em apresentações de dança, cada movimento é seguido e precedido por outro movimento, e sequências podem apenas progredir para os próximos movimentos no futuro". Isto quer dizer que a estrutura coreográfica associada aos movimentos escolhidos direciona, convencionalmente, a percepção de continuidade e fluxo. O sequenciamento de movimentos da estrutura coreográfica ocorre de modo que cada movimento apresenta, em si mesmo, uma preparação para o próximo, não permitindo uma separação clara entre eles, produzindo uma sensação de continuidade e de fluxo contínuo entre os movimentos.

A percepção do fluxo temporal é relacionada a qualquer fenômeno que envolve atividade perceptual no tempo. Entretanto, o enunciado das obras coreográficas analisadas aqui, sempre no presente, pode ser manipulado alterando a percepção do tempo, através de diferentes estratégias sobre a ação corporal e sobre a sintaxe, por exemplo. Para Álvarez (2009: 8), uma das possibilidades de manipulação do tempo é a criação de um tempo artificial, que "[...] tem a capacidade de parar o tempo e tornar a peça sem tempo", por exemplo. A autora associa esta possibilidade com trabalhos literários, afirmando que "[...] a repetição é um dos artifícios que tem sido usado expressivamente, por exemplo, por Gertrude Stein", para estacionar o tempo, como mencionado diversas vezes aqui.

Para exemplificar o que chamamos de *manipulação do tempo*, em termos estruturais, vejamos outra experimentação sintática recorrente nos duetos e baseada na repetição de um pequeno número de movimentos, criando diferentes sequências. No caso dinamarquês, as dançarinas estão posicionadas lado a lado, e realizam movimentos com o tronco e braços. No exemplo brasileiro, as dançarinas caminham, sentam e deitam, no espaço circunscrito pela luz. A repetição de apenas três movimentos durante um período relativamente longo, em ordenações diferentes, cria uma composição sintática incomum. Mesmo em obras contemporâneas, como mencionamos, o encadeamento de movimentos constrói um fluxo em direção a outros movimentos, manipulando a percepção do tempo de acordo com a convenção. Ao repetir apenas três movimentos, seguidamente, percebe-se a ação estacionada no tempo presente, um enfrentamento a um princípio convencional de desenvolvimento temporal na dança.

Pode-se afirmar que, em analogia com as explorações sintáticas de Stein, as traduções criam, em diversos momentos, uma sintaxe cuja deformação rompe com tradições dominantes relacionadas à percepção temporal na dança cênica. Além de estratégias como a repetição, estão envolvidos com a percepção do fluxo temporal vocabulários de movimento e composições que não privilegiam a fluência livre dos movimentos. O espetáculo *,e [dez episódios sobre a prosa topovisual de gertrude stein]* é, entre os nossos exemplos, aquele que, além da repetição, explora um vocabulário bem demarcado executado com movimentos discretos, separados por pausas, que não se vinculam, quebrando qualquer expectativa de composição fluida e contínua, com movimentos em transição.

Nossos exemplos, embora baseados na mesma autora, exibem resultados muito diversos sobre a percepção do tempo. O uso da repetição tem papel fundamental no efeito do presente contínuo em ambas as obras, mas não é suficiente para "congelar" o tempo na dança. O foco principal de *Always Now Slowly* é a exploração de efeitos sintáticos baseados na repetição. A percepção do tempo parece ser um subproduto desta exploração, não constituindo um objetivo direto das traduções.

De outro lado, *,e...* está focado na modificação da percepção do tempo pela exploração de outros aspectos coreográficos que contribuem para o congelamento da ação temporal. Estes elementos incluem um rigoroso tratamento do vocabulário motor, a fragmentação episódica da obra, e a composição sintática baseada na acumulação coordenada de componentes do movimento. Quando não se exibem sequências de fluxo contínuo e criam-se porções estáticas de ações repetidas no tempo, tais escolhas combinadas proveem uma coleção de possibilidades para desestruturar hábitos bem estabelecidos de percepção temporal em dança.

REFERÊNCIAS

AGUIAR, Daniella; QUEIROZ, João. *Semiosis and Intersemiotic Translation.* Semiotica, no. 196 (2013): 283–92.

______. Modeling Intersemiotic Translation: Notes toward a Peircean Approach. *AS/SA*, no. 24 (2010): 68–81.

CAMPOS, Augusto de. "Gertrude Stein: sim e não," in *Poesia da Recusa.* São Paulo: Perspectiva, 2006, 215–49.

CAMPOS, Haroldo de. O Arco-íris Branco. São Paulo: Imago, 1997.

CLÜVER, Claus. Intermidialidade. *Pós*: Belo Horizonte, v. 1, n. 2, p. 8-23, nov. 2011.

______. Da Transposição Intersemiótica. In: ARBEX, Márcia (Org.). *Poéticas do visível: ensaios sobre a escrita e a imagem.* Belo Horizonte: Programa de Pós-Graduação em Letras - Estudos Literários, Faculdade de Letras da UFMG, 2006. p. 107-166.

GALLUP, Donald (ed.) *The Flowers of Friendship: Letters Written to Gertrude Stein.* New York: Knopf, 1953.

HOFFMAN, Michael J. *The Development of Abstractionism in the Writings of Gertrude Stein* (Philadelphia: University of Pennsylvania Press, 1965).

______. *Gertrude Stein.* London: George Prior Publishers and Twayne Publishers, 1976.

JAMES, William. *The Principles of Psychology, vol. 1*. New York: Henry Holt, 1905. <http://archive.org/stream/acq8606.0001.001.umich.edu#page/n9/mode/2up> (accessed: November 28, 2014).

JAKOBSON, Roman. *Linguística e comunicação*. São Paulo: Cultrix, 1969.

JAKOBSON, Roman; POMORSKA, Krystyna. *Diálogos*. São Paulo: Cultrix, 1985.

LEVIN, Jonathan. *The Poetics of Transition: Emerson, Pragmatism, & American Literary Modernism*. Durham: Duke University Press, 1999. 222 p.

MESCHONNIC, Henri. *A poética da tradução*. São Paulo: Perspectiva, 2010.

PERLOFF, Marjorie. Poetry as Word-System: The Art of Gertrude Stein. *The American Poetry Review*, v. 8, n. 5, p. 33-43, Sept/Oct 1979.

PAZ, Octavio. *Signos em rotação*. 2. ed. São Paulo: Perspectiva, 1976. 316 p.

QUEIROZ, João; AGUIAR, Daniella. "Iconicity and Intersemiotic Translation". In *Writing, Voice, Undertaking*, ed. Susan Petrilli (New York: Legas, 2013), 29–32.

QUEIROZ, João; EL-HANI, Charbel. "Towards a Multi-Level Approach to the Emergence of Meaning in Living Systems," *Acta Biotheoretica*, vol. 54 (2006): 179–206.

RAJEWSKY, Irina O. Intermediality, intertextuality, and remediation. A literary perspective on intermediality. *Intermédialités: histoire et théorie des arts, des lettres et des techniques / Intermedialities: history and theory of the arts, literature and techniques*, n. 6, p. 43-64, 2005.

RETALLACK, Joan. *Introduction to Gertrude Stein: Selections*, ed. Joan Retallack (Berkeley: University of California Press, 2008).

STEINER, Wendy. *Exact Resemblance to Exact Resemblance: The Literary Portraiture of Gertrude Stein.* New Haven: Yale University Press, 1978. 225 p.

STEIN, Gertrude. If I Told Him: A Completed Portrait of Picasso. In: *Gertrude Stein: Selections.* RETALLACK, Joan (Ed.). Berkley: University of California Press, 2008b. 347 p.

______. Orta or One Dancing. In: *GERTRUDE Stein Writings 1903 – 1932.* New York: The Library of America, 1998 [1912]. p. 285-303.

______. Susie Asado. In: *VAN VECHTEN*, Carl (Ed.). Selected writings of Gertrude Stein. New York: Vintage Books, 1990 [1913]. p. 549.

______. Four Dishonest Ones. In: *Writings and Lectures: 1909–1945*, ed. Patricia Meyerowitz (Baltimore, MD: Penguin Books, 1974), 216.

SUTHERLAND, Donald. Gertrude Stein and the twentieth century. In: HAAS, Robert Bartlett. *A primer for the gradual understanding of Gertrude Stein.* Los Angeles: Black Sparrow Press, 1971. p. 139-156.

WALLACE, Rob. *Improvisation and the making of American literary modernism.* New York: Continuum, 2010. 216 p.

WEINSTEIN, Norman. *Gertrude Stein and the literature of the modern counsciousness.* Frederick Ungar Publishing: New York, 1970. 150 p.

De Gertrude Stein à música: intersemiose como fundamento para uma criação musical

Edson Zampronha

É possível que uma ferramenta como a intersemiose possa ser utilizada para desenhar e determinar aspectos fundamentais de uma composição musical? Apresento neste capítulo um caso prático no qual realizei exatamente isto: compus a obra eletroacústica *5INCO* a partir de uma relação intersemiótica com o texto *Orta or One Dancing*, de Gertrude Stein, especialmente para o espetáculo *5.sobre.o.mesmo*[52].

Este espetáculo incluiu cinco bailarinos, um compositor e um cenógrafo/iluminador. Cada artista deveria realizar sua criação de forma isolada, sempre partindo de uma relação intersemiótica que o próprio artista estabelecia com o texto de Gertrude Stein. Os artistas não deveriam trocar qualquer informação com os demais sobre o que estavam realizando. Os resultados de todas as criações seriam conectados nos ensaios prévios à apresentação do espetáculo, sob a direção de João Queiroz. A obra que compus foi denominada *5INCO*, buscando estabelecer uma clara associação com o título do espetáculo (*5.sobre.o.mesmo*), e consta de seis segmentos gravados (eletroacústicos) de durações variadas que podem ser apresentados todos ou somente alguns, sempre separados por silêncios.

Esta era, para mim, uma oportunidade com múltiplas facetas criativas. Para estabelecer a intersemiose da música com o texto de Gertrude me fixei em um aspecto central que detecto em seu texto, e

52 Para este projeto foi utilizada a tradução ao português realizada por Luci Collin. Para uma descrição detalhada do projeto, ver Aguiar (et al. 2014).

utilizei este aspecto central como fundamento da relação intersemiótica: a presença estratégica de uma tensão constante entre suporte e sentido. Além deste aspecto central, também considerei operações tais como subtrações, adições, truncamentos, repetições e deslocamentos de materiais, os quais estão constantemente presentes em seu texto. A música que compus *recria*, *reinventa*, tanto a tensão entre suporte e sentido quanto às operações presentes no texto de Gertrude, dando a eles uma forma nova essencialmente musical. Portanto, está fora de questão qualquer associação direta com o texto, procedimento que desde o princípio considero ineficaz. A música e o texto se reconhecem em aspectos essenciais da intersemiose, estabelecendo uma espécie de paralelismo, mas são fundamentalmente diferentes em suas naturezas e suas expressões. É esta recriação guiada por um fundamento intersemiótico que acaba provocando o surgimento de abordagens originais e imaginativas em música, e que dá um impulso notável ao pensamento criativo e à exploração de novos campos especulativos.

Apresento, a seguir, o fundamento que utilizei para estabelecer a intersemiose com o texto de Gertrude. Em seguida, explico sua aplicação prática na criação musical, comentando: (i) a organização modular da música, (ii) os materiais sonoros empregados na obra, e (iii) a estratégia de construção dos segmentos musicais. Também apresento, de forma mais detalhada, como construí um dos segmentos da obra, e finalmente explico como certos aspectos da composição musical são projetados na relação da música com a dança, a iluminação e o espaço do teatro. Concluo comentando o valor positivo que encontro no uso de procedimentos originais para a composição musical, como é o caso da intersemiose, e na frutífera expansão do campo especulativo-criativo que procedimentos como este oferecem à criação musical.

O fundamento da Intersemiose: a tensão entre suporte e sentido

Quando li o texto de Gertrude Stein, o primeiro que me chamou a atenção foi o fato de seu texto realizar um sofisticado trabalho na forma como as palavras estavam ordenadas, além de observar que havia uma série de repetições que se ampliavam, deslocavam e modificavam pela introdução progressiva de outras palavras. O fragmento inicial do texto é um exemplo:

> Mesmo que uma fosse uma ela poderia ser como alguma outra. Ela era como uma e então era como uma outra e então era como uma outra e então era como uma outra e então era uma que era uma tendo sido uma e sendo uma que era uma então, uma sendo como algumas. (Stein, c. 1911-12; tradução de Luci Collin)

O mais interessante foi o fato de minha leitura dirigir-se quase completamente ao modo como o texto dizia o que dizia. Talvez você, como eu, tenha tido a necessidade de ler o texto mais lentamente que o normal. Sua sintaxe não habitual, e a ausência estratégica de pontuação, impõem à leitura a formatação das frases para buscar, ou dar, um sentido ao texto. Utilizando a conhecida terminologia de Saussure (1993) que divide o signo linguístico em "significante" e "significado", podemos dizer que há um sofisticado trabalho no nível do significante que atrai nossa atenção. A leitura converge claramente ao significante, que não é ocultado em nenhum momento. Ao contrário, o significante é intensificado, e o significado tende a colapsar no significante.

Esta convergência ao significante é para mim evidente. É realizada através de intensas repetições, acréscimos progressivos e estratégicos de palavras, dilatações ou cortes abruptos de frase entre outros recursos. Assim, minha opção foi realizar uma intersemiose entre a música e o texto de Gertrude centrada em três passos:

1. Recriar, na música, procedimentos equivalentes às ampliações, subtrações, repetições, cortes abruptos e deslocamentos presentes no texto de Gertrude Stein

Trata-se de uma forma de tradução que recria o procedimento de Gertrude em outra linguagem (a música). Desta forma, música e texto se conectam ao compartilharem um procedimento similar (tecnicamente, uma intersemiose fundada em uma iconicidade diagramática). É importante destacar que esta recriação elimina completamente qualquer tipo de transposição direta (geralmente simplista) do procedimento do texto de Gertrude à música. Além disso, como a música é uma linguagem não verbal, qualquer pretensão de uma intersemiose fundada em conteúdos está igualmente eliminada. A intersemiose está centrada no *procedimento* presente no texto de Gertrude que, na música, adquire características próprias (e explico adiante). É oportuno recordar aqui duas afirmações de Haroldo de Campos, ao comentar a tradução de textos criativos:

> Na tradução de um poema, o essencial não é a reconstituição da mensagem, mas a reconstituição do sistema de signos em que está incorporada esta mensagem, da informação estética, não da informação meramente semântica. (Campos, 1969: 100)

> Então, para nós, tradução de textos criativos será sempre recriação, ou criação paralela, autônoma porém recíproca. (Campos, 2010: 35)

É importante lembrar que Haroldo se refere à tradução de um texto de uma língua a outra (um poema em inglês ao português, por exemplo). No nosso caso, trata-se de uma tradução de um texto (linguagem verbal) à música (linguagem não verbal), o que exclui a questão semântica do texto de Gertrude. A terminologia significante e significado que utilizei antes, proveniente de Saussure, é pouco precisa no campo musical (especialmente o termo significado), e ao invés de significante prefiro falar em *suporte* (ou *representamen* na terminologia de Charles S. Peirce), e ao invés de significado prefiro falar em *sentido* (é importante esclarecer que a semiologia de Saussure não me parece ser a mais adequada para falar de música. Considero a semiótica de C. S. Peirce mais adequada, e efetivamente sua semiótica é o fundamento teórico deste capítulo. No entanto, não realizarei uma incursão técnica na semiótica e na terminologia de Peirce, e vou utilizar a terminologia significante/significado e suporte/sentido com certa flexibilidade, visando, antes de qualquer outra coisa, a eficiência da comunicação com o[a] leitor[a])[53].

---

53 Sobre a semiótica de Peirce, sugiro consultar Atkin (2016) e *http://www.commens.org/encyclopedia*, organizada por Mats Bergman e João Queiroz contendo amplo mate-

2. Estabelecer uma direção: discurso musical orientado para concentrar nossa escuta no suporte

A leitura do texto de Gertrude nos leva constantemente a uma concentração no significante (suporte). Este é um aspecto extremamente importante, já que confere uma direção no processo de leitura do texto, evitando que as repetições, acréscimos progressivos e estratégicos de palavras, deslocamentos e cortes abruptos de frase se transformem em uma combinatória simples de elementos. Em nenhum momento parece ser possível reduzir o texto de Gertrude a uma combinatória na qual as palavras são selecionadas por acaso, como se fossem o resultado exclusivo de um lance de dados, o que daria um resultado estético muito diferente. Pode parecer uma diferença sutil, mas de fato os resultados são muito distintos: uma obra centrada no acaso permite que certas combinações fortuitas de palavras possam produzir a emergência de segmentos com sentido. O sentido pode surgir como resultado de coincidências imprevisíveis. No caso do texto de Gertrude, lemos o texto como se o sentido estivesse sempre presente (mesmo que de forma tênue), mas com uma atração constante aos significantes (suporte). É a esta atração constante à que me refiro, e que confere uma direção à leitura do texto. No caso da música, esta atração em direção aos significantes também deverá estar presente, com consequências importantes para a obra.

3. Criar uma tensão constante entre a concentração no suporte e a busca pelo sentido

Em certos momentos, o texto de Gertrude realiza repetições tão insistentes de palavras e expressões que tenho a impressão de estar em situações nas quais estamos a ponto de escutar somente seu som, a própria matéria sonora que constitui as palavras e as expressões, quase

rial disponível online. Consultar, também, Peirce (1974); Zampronha (2002) para uma visão sintética da relação entre música e semiótica, com várias indicações bibliográficas, e Tarasti (1994 e 2002) para uma visão mais aprofundada entre música e semiótica. Ver também o interessante trabalho de Martínez (1996) sobre música e semiótica.

esquecendo seu significado. Este *quase* é o mais difícil de obter, e um dos maiores desafios neste projeto específico. O texto de Gertrude não chega a produzir uma total eliminação do sentido. Em outras palavras, nossa leitura não se colapsa totalmente no significante (suporte). Um tênue sentido persiste, e nossa leitura se localiza neste ponto de equilíbrio instável entre um sentido que se quer capturar, e algo que nos atrai constante e fortemente ao significante. Não se trata, portanto, de um procedimento que limite sua direção ao significante, mas de um procedimento no qual, sem perder totalmente o sentido do texto, estabelece uma tensão entre a concentração no suporte e a busca pelo sentido. Esta tensão entre o sentido e o significante é algo notável em seu texto. Parece que estou sempre buscando entender o que está sendo dito, apesar do modo como o texto diz o que diz ser mais importante. O sentido do texto, de fato, é o modo como o texto diz o que diz, e não sua suposta mensagem.

O texto de Gertrude é do início do século XX, período no qual se observa uma notável emergência do suporte em diferentes manifestações artísticas. Na música, aproximadamente na mesma época, a matéria sonora (suporte) passa a entrar em cena de forma clara, criando uma tensão muito interessante com o sentido musical. Alguns exemplos são a emancipação da dissonância em Arnold Schoenberg, a emergência do ritmo em Igor Stravinsky, os ruídos do futurista Luigi Russolo, os acordes-entidades de Claude Debussy, a percussão em Edgar Varèse (na década de 1920), ou até mesmo o uso do acaso como ferramenta de composição musical em Marcel Duchamp quando, em 1913, realizou um conjunto de obras que antecipam notavelmente John Cage. O suporte definitivamente ganha presença superando o sublime romântico do século XIX: adquire grande valor na constituição da obra musical, sendo parte essencial da sua expressão e seu projeto poético. Na literatura, o texto de Gertrude é especialmente sensível à emergência do suporte em sua época, sendo notável o modo particular e especialmente intenso como cria esta tensão entre suporte e sentido. A intersemiose que realizo com o texto de Gertrude dá prioridade a esta tensão (dramática no caso de Gertrude) entre suporte e sentido, concentrando-se nela, e buscando que esteja presente de formas diversas em diferentes aspectos da música.

A Intersemiose: uma aplicação prática na composição da obra 5INCO

A obra *5INCO*, composta para o projeto *5.sobre.o.mesmo*, é inteiramente eletroacústica, e está realizada a partir de sons gravados e sons sintetizados. Consiste em seis segmentos de áudio que, juntos, tem a duração de 25 minutos aproximadamente. A intersemiose com o texto de Gertrude ocorre em diversos aspectos da composição musical, e neste tópico comento alguns dos mais ilustrativos.

A organização modular da música

Os seis segmentos que integram a música estão identificados da seguinte forma:

1-A	1-B
2-A	2-B
3-A	3-B

Eles podem ser tocados em qualquer ordem, e não é necessário que todos os seis sejam apresentados em um mesmo espetáculo. É possível apresentar somente os segmentos 3-B / 1-B / 2-A, por exemplo.

Obras modulares ocorrem com certa frequência desde o final da década de 1950 até aproximadamente meados da década de 1970, e estão geralmente associadas a objetivos estéticos que incluem procedimentos aleatórios/indeterminados ou estruturalistas (ver Bousseur & Bousseur, 1991 e Pritchett, 1993). Meu objetivo, no entanto, é esteticamente distinto das obras daquele período, apresentando um enfoque mais pragmático (que comento neste tópico) e buscando projetar nesta modularidade a tensão entre suporte e sentido (comentarei adiante). A dança e a iluminação são realizadas ao vivo. No entanto, a música está composta inteiramente por segmentos pré-gravados, já que não havia a possibilidade de realização de uma música em tempo real na estréia do espetáculo. Assim, para que a música também pudesse ter características similares a uma realização ao vivo, optei pela modularização. Nem a ordem, nem o momento, nem a definição de quais segmentos são tocados está previamente definida, de modo que há uma grande flexibilidade para selecionar e tocar os segmentos nos momentos mais adequados, havendo a possibilidade de uma interação com o espetáculo durante sua apresentação.

A modularização também soluciona um problema chave: caso a música estivesse fixada, prevista para ser tocada integralmente e sem interrupção do início ao final, sua linearidade acabaria influenciando em maior ou menor medida os eventos realizados pela dança e iluminação. Mesmo que a dança e a iluminação seguissem caminhos totalmente independentes, havia uma considerável probabilidade de que algumas das relações com a música acabassem se tornando automatizadas, e/ou que a música pudesse se tornar um eixo de referência para marcar os tempos e a segmentação dos eventos realizados pela dança e iluminação. Neste sentido, a intersemiose com o texto de Gertrude poderia ser desviada, passando a estar centrada (talvez em grande parte) nas conexões com a música. A utilização da modularização, portanto, também introduz a flexibilidade necessária justamente para que a intersemiose com o texto de Gertrude não sofra este desvio.

Os quatro materiais básicos

Os seis segmentos da obra estão todos compostos a partir de quatro materiais básicos:

a- *Rítmico-percussivo* (ritmos construídos a partir de uma figura que é variada por acréscimos, subtrações, deslocamentos de acentos, repetições entre outros);

b- *Granulação* (eventos de curta duração formando texturas globais);

c- *Figura* (desenhos parcialmente melódicos).

d- *Textura alongada* (com camadas de sons de maior duração que se sobrepõem de formas diversas, realizando acréscimos e subtrações de camadas, entre outras operações).

Os materiais "a" e "c" são essencialmente horizontais (os ritmos e as figuras são construídas e percebidas em seu desenvolvimento temporal). O material "d" é essencialmente vertical (o que conta é a superposição de camadas para a construção de texturas), e o material "b" é um tipo especial de verticalidade na qual os eventos granulares são apresentados linearmente (a dimensão horizontal é claramente importante), mas a granulação se acumula na escuta formando uma imagem global similar a uma textura que se forma gradualmente no tempo. Neste sentido, "a" e "c" se opõem a "b" e "d". Mas também "a" se opõe a "c" porque em "a" a horizontalidade é rítmica, e em "c" é parcialmente melódica. E "b" se opõe a "d" já que "b" é uma granulação realizada com sons curtos que gradualmente formam uma textura, e "d" é uma textura realizada com sons longos fundada na superposição de camadas. Assim, os quatro materiais utilizados se opõem entre si, e neste sentido, são únicos, singulares neste contexto. Sempre se reconhecerá se escutamos um material "a", "b", "c" ou "d", qualquer que seja a forma como organizemos estes materiais. Esta singularidade dos materiais é fundamental para que uma organização modular possa ser eficiente, e que a construção dos segmentos possa organizar estes materiais de tal forma que a tensão entre suporte e sentido presente no texto de Gertrude possa ser realizada (tal como explico no tópico seguinte). Portanto, este é um requisito para a estratégica construção dos segmentos[54].

54 No final do tópico seguinte incluo um link a um arquivo de áudio que inclui estes quatro materiais. Não apresento este exemplo neste momento porque considero que a explicação a seguir contribui de forma importante para uma melhor apreciação destes materiais e da estratégia de construção dos segmentos.

A estratégica construção dos segmentos: a tensão entre sentido e suporte

Os seis segmentos da obra são compostos a partir dos materiais “a”, “b”, “c”, “d”. Cada vez que um material reaparece, aparece sob outra forma. É sempre variado, mas sempre mantendo sua característica fundamental. Os seis segmentos estão compostos pelos quatro materiais da seguinte maneira:

1-A	1-B
b - d - a - c	**b - a - c**

2-A	2-B
c - b - a’ - d	**c - b - d**

3-A	3-B
d - a - c - b	**d - c - b(a)**

Os segmentos 1-A, 2-A e 3-A contém os quatro materiais. Os segmentos 1-B, 2-B e 3-B contêm somente três. A última parte do segmento 3-B, escrita como um “b(a)”, é uma superposição de “b” com “a”. Neste sentido, também é correto afirmar que 3-B contém quatro materiais. No entanto, para o planejamento desta obra, “b(a)” foi tratado como um único material fundido. O “a’ ” que ocorre no segmento 2-A é o material rítmico que, curiosamente, neste caso aparece sem seus ritmos característicos e inclui somente um de seus sons de fundo. Surge, assim, uma variação centrada em uma inversão hierárquica: o material de fundo assume o primeiro plano.

Se apresentarmos primeiro um segmento 1-A, 2-A ou 3-A, e depois um segmento 1-B, 2-B ou 3-B, temos um truncamento (o segundo segmento tem um material a menos). Se realizarmos o contrário, 1-B seguido de 2-A por exemplo, temos uma ampliação. Caso apresentemos dois segmentos com igual número de materiais (1-A e logo 2-A, por exemplo), intensificamos as repetições. O procedimento de Gertrude aparece, assim, incorporado na forma como os segmentos se sucedem.

É interessante observar que as variações realizadas nos segmentos são funcionais (não são ornamentais). Quer dizer, elas estão intimamente relacionadas com a construção narrativa do segmento: em uma frase com quatro materiais, o primeiro material que aparece (seja "a", "b", "c" ou "d") estabelece um referencial inicial; o segundo cria uma tensão com este referencial; o terceiro amplifica esta tensão, e o quarto é uma resolução desta tensão. As frases com três materiais são muito similares: o primeiro material estabelece um referencial e imediatamente realiza um desvio criando uma tensão; o segundo material amplifica esta tensão, e o terceiro a resolve. Portanto, o material "a" no início de um segmento deverá ter a função de estabelecer um referencial, mas se ele é deslocado para o final do segmento, deverá ser variado para cumprir a função de resolver a tensão do segmento. É o fato das funções serem fixas que impede que escutemos o deslocamento dos materiais de uma posição a outra como uma combinatória simples.

Além disso, a forma como as funções estão organizadas reproduz de maneira aproximada o modo como frases musicais tradicionais são construídas. Isto é, conto com o fato dos ouvintes estarem, em maior ou menor medida, habituados a entender princípios fundamentais e muito gerais de construção de frases musicais para que a escuta destas funções como frases musicais possa ser reforçada por estes hábitos[55]. O interessante é que o reconhecimento dos segmentos como frases musicais é realizado sem nenhuma unidade motívica, sem nenhuma figura que unifique a superfície do discurso musical. O reconhecimento de que se trata de uma frase musical se deve exclusivamente às funções (nível de organização que está abaixo da superfície do discurso musical), menos evidente, mas certamente muito, ou até mais, eficiente.

55 Em Zampronha (2013) realizo um estudo de como a inteligibilidade musical ocorre a partir de nossos hábitos de escuta.

Em síntese, as funções juntamente com nossos hábitos de escuta tornam possível que cada um dos seis segmentos da obra *5INCO* seja escutado como uma frase musical (sentido), ao mesmo tempo em que o contínuo deslocamento dos segmentos dirige nossa escuta aos materiais (suporte), recriando em música a tensão entre suporte e sentido que também existe no texto de Gertrude.

Como ilustração, incluo um segmento completo de *5INCO*: o segmento 3-A. Este segmento inclui os quatro materiais mencionados antes, e pode ser escutado em: <*http://www.zampronha.com/Audio/5INCO-Edson_Zampronha-an_excerpt.mp3*>.

Os quatro materiais incluídos neste segmento formam a sequência d – a – c – b, e podem ser localizados na gravação nos seguintes instantes:

Material "d" (Textura alongada, que neste segmento inclui algumas características rítmicas): início em 0'00".

Material "a" (Rítmico-percussivo): início em 0'53".

Material "c" (Figura): início em 1'28".

Material "b" (Granulação, que neste segmento inclui uma camada grave e repetitiva): início em 2'37".

Os materiais utilizados chamam constantemente nossa atenção ao som propriamente dito, à sua natureza mais concreta. O início deste exemplo é muito claro. A materialidade dos sons se faz claramente presente, e está carregada de expressividade. Esta concentração da atenção no material cria uma tensão em direção contrária à compreensão do sentido do segmento, à compreensão de que se trata de uma longa frase musical. Como comparação, incluo a seguir o link para a escuta de duas obras de minha autoria. Estas duas obras apresentam um procedimento similar a *5INCO*, mas com uma menor tensão entre sentido e material. A comparação com o segmento 3-A revela o quanto a obra *5INCO* realiza uma intensa atração em direção ao suporte, e o quanto esta atração cria uma forte tensão com o sentido. As obras são as seguintes:

– *Feroce*, de Edson Zampronha, interpretada por Danieli Longo (piano) e Ji Yon Shim (cello), em: <*https://youtu.be/fTfZLLnVEoo*>

– *Modelagem X-a*, de Edson Zampronha, interpretada por Augusto Moralez (vibrafone), em: <*https://youtu.be/gkcNTC76UMc*>

Feroce utiliza quatro materiais, e *Modelagem X-a* utiliza três. Em *Feroce* as funções são distribuídas de modo similar a *5INCO*. Em *Modelagem X-a*, no entanto, devido a um número menor de materiais, as funções são de natureza distinta.

Se *5INCO* utiliza materiais sonoros que atraem fortemente nossa atenção ao suporte, em *Feroce* os materiais são menos experimentais, tornando mais direta a apreciação da estratégia de re-funcionalização. Por exemplo, o material inicial estabelece um referencial para nossa escuta, mas no meio da obra aparece como direcional, e no final da obra aparece como resolução. Uma escuta atenta identificará que este deslocamento também ocorre com todos os demais materiais, mas não nesta mesma ordem. Em *Modelagem X-a*, ao contrário, a natureza dos materiais está entre *Feroce* e *5INCO*, com materiais que são tanto experimentais como mais próximos ao som típico do vibrafone, ilustrando que este procedimento de re-funcionalização pode ser realizado com suportes de diferentes naturezas e complexidades. É também interessante observar que em *Modelagem X-a* os deslocamentos são muito mais rápidos, estando em concordância com a intensa dinâmica de re-funcionalizações que esta obra apresenta. Em síntese, quanto mais experimental é o suporte, maior a tensão que gera com o sentido, e quanto menos experimental, maior o foco no sentido. No entanto, o sentido não se perde graças às funções fixas e sua associação com os hábitos de escuta que comentei antes, tornando possível estabelecer uma forte tensão entre suporte e significante.

O material rítmico-percussivo

Uma observação mais detalhada do material "a", Rítmico-percussivo, revela que operações de truncamentos, ampliações, repetições e deslocamentos ocorrem inclusive em um nível microscópico da obra. Outras composições do mesmo período em que Gertrude escreveu seu texto, incluindo obras emblemáticas, também realizam estes tipos de operações. O início da notável *A Sagração da Primavera*, de Igor Stravinsky (composta em 1913), é um exemplo[56]. Em diversos momentos seus ritmos não se fundamentam em estruturas de compassos, mas sim em agrupamentos de pulsos (mesmo que Stravinsky utilize compassos para escrever a obra), construindo uma forma de cubismo rítmico. Uma ilustração concreta: no início de *A Sagração da Primavera*, na seção “Les Augures Printaniers – Danses des Alolescentes”, Stravinsky utiliza claríssimos agrupamentos irregulares de pulsos da seguinte forma (medida em pulsos): 9 / 2 / 6 / 3 / 4 / 5 / 3. Ao somarmos estes pulsos para compará-los com um grupo constante de 8 pulsos, obtemos o seguinte:

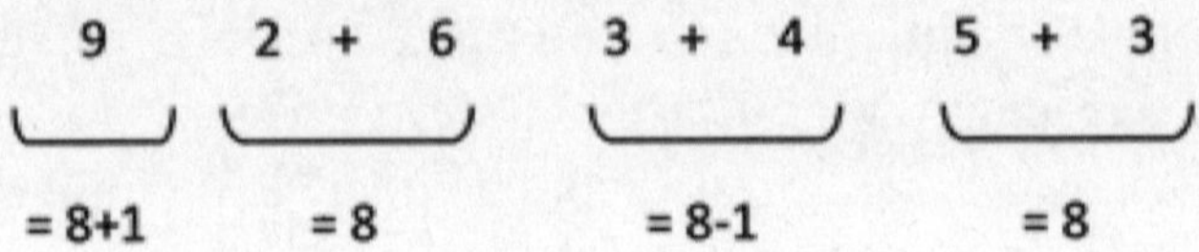

Que dizer, primeiro 8 + 1, depois 8, depois 8 - 1 e finalmente 8. O padrão é 8. E por que 8? Porque este é o padrão mais próximo de um compasso comum (e muito conhecido dos ouvintes) de 4 por 4 subdividido em colcheias (um compasso de 4 por 4 contém 8 colcheias). De fato, e não por acaso, neste segmento Stravinsky escreve todos os pulsos em colcheias. O eixo de referência são 8 colcheias, incluindo um acréscimo e uma subtração. Simples, mas muitíssimo eficiente!

De forma diferente, mas fundado em um princípio similar, construí o material rítmico-percussivo para *5INCO*. Este segmento parte de

56 Há excelentes gravações disponíveis desta obra. O fragmento ao qual faço menção neste tópico tem início em 9’50” da gravação disponível em: <*https://youtu.be/rq1q6u3mLSM*> (acesso em 12/09/2017).

um som percussivo com apenas duas alturas, formando uma figura que serve de fundamento para toda a construção rítmica. O que é regular é a figura. Na ilustração a seguir, apresento a figura fundamental, que é a figura “a”, e diversos segmentos que realizam ampliações e subtrações a esta figura (observação: para evitar a utilização da notação musical tradicional, utilizo dois quadrados para representar cada som de percussão: o quadrado mais alto é uma percussão mais aguda, e o mais baixo é uma percussão mais grave).

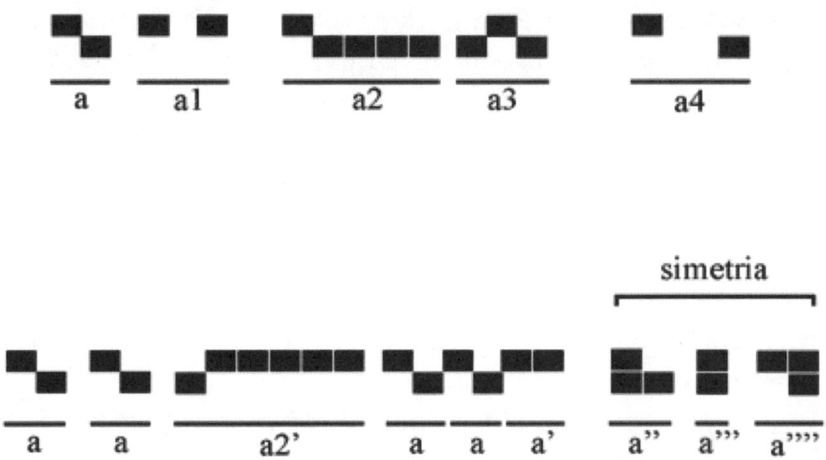

Figura 1. Diagrama que fundamenta a construção do segmento rítmico-percussivo da obra *5INCO*, composta por Edson Zampronha para a performance *5.sobre.o.mesmo*. Extraído de Aguiar et al. (2014: 11).

Na primeira linha desta figura:

– “a1” é duas vezes a apresentação de “a” onde o segundo quadrado é substituído por um silêncio. Esta figura é sempre mais efetiva quando apresentada imediatamente após a figura “a”, para que o silêncio seja percebido como uma subtração;

– “a2” é uma ampliação: os dois quadrados que formam “a” aparecem completos, mas o segundo quadrado é repetido de forma insistente;

– "a3" é uma ampliação por antecipação: um exemplar do segundo quadrado antecede a figura "a";

– "a4" é "a" dilatado no tempo.

Na linha de baixo da mesma figura:

– "a" seguido de "a" é uma repetição simples;

– "a2" é uma inversão de "a" seguida de uma ampliação;

– "a" + "a"+ "a' " é um desvio: depois da criação de uma regularidade o último evento é irregular;

– Os últimos três objetos são uma construção por simetria a partir de "a", sobrepondo sons agudos e graves. A figura a"', no centro da simetria, é uma síntese de "a.

Estas transformações geram materiais rítmicos que logo são organizados para criar frases musicais mais complexas. O material rítmico-percussivo que aparece no segmento 3-B, por exemplo, está construído com diferentes figuras que foram geradas de modo similar às da ilustração anterior, formando um longo segmento rítmico, e pode ser escutado no link: *<http://www.zampronha.com/Audio/5INCO-Edson_Zampronha-excerpt-segment-3-B.mp3>*.

O exemplo seguinte é o material "d" dentro do segmento 2-B, que inclui alguns desenhos rítmicos em uma de suas camadas. Este exemplo ilustra que este procedimento rítmico não é exclusivo do material rítmico-percussivo, podendo aparecer de formas diversas, embora no material rítmico-percussivo o ritmo seja sua característica essencial. No material "d" os ritmos são realizados com timbres agudos e bem menos densos que no material Rítmico-percussivo, marcando a diferença entre os dois materiais. Este exemplo pode ser escutado no link: *<http://www.zampronha.com/Audio/5INCO_Edson_Zampronha-excerpt_segment_2-B.mp3>*.

A música em relação à dança, à iluminação e ao espaço do teatro

A tensão entre suporte e sentido que identifico no texto de Gertrude é também projetada na relação da música com a dança, com a iluminação e até com o espaço físico do teatro através de dois aspectos que comento neste tópico: o uso dos silêncios e da reverberação (recordo que, no projeto original do espetáculo, não era permitido intercambiar informações sobre as criações dos demais artistas, de tal modo que a relação com a dança e a iluminação somente poderia ser estabelecida em aspectos que não dependiam da criação dos demais artistas).

Acredito que todos os leitores deste texto já tenham vivido, em maior ou menor medida, a seguinte sensação característica: se assistimos uma cena de um filme e retiramos a música (simplesmente desligando o som de nosso aparelho), temos a sensação de sair de uma realidade virtualizada pela música e voltar à realidade mais concreta da cena (ou à nossa volta), com uma correspondente modificação do sentido daquilo que estamos vendo. Algo similar ocorre em uma simples atividade cotidiana como uma reunião entre amigos com uma música de fundo: ao cortarmos a música, experimentamos uma mudança de ambiente que nos remete à experiência mais concreta que estamos vivendo sem a virtualização realizada pela música.

No caso deste espetáculo, os seis segmentos musicais (de 1-A a 3-B) não precisam ser tocados, todos, em uma mesma apresentação, e é importante que haja silêncio entre eles (alguns de longa duração). Desta forma, os sons dos movimentos da dança no palco, as respirações, os sons corporais, o som do público à nossa volta, o som do próprio espaço do teatro e seus sons característicos (lâmpadas, ventilação, a reverberação própria do espaço...), tudo isso que caracteriza o ambiente físico onde nos encontramos se faz cruamente presente, contrastando com a experiência do espetáculo virtualizada pela presença da música. Assim, a presença/ausência da música recria, no espetáculo em sua totalidade, a tensão entre suporte e sentido que já comentei antes. Mesmo não sabendo qual havia sido a criação dos outros artistas neste projeto, a música incorpora uma relação com eles (dança e iluminação) e com o espaço do teatro. Quando a música é interrompida a dança e a iluminação continuam sua performance no palco, e esta continuidade é fundamental para conferir sentido à própria música, introduzindo um relevante aspecto conceitual no espetáculo. Desta forma, o suporte se faz presente e significativo, estabelecendo uma forte tensão dramática.

A reverberação, por outro lado, é utilizada como um potenciador, isto é, com o objetivo de intensificar a presença/ausência da música (e, portanto, da tensão entre sentido e suporte). Todos os segmentos musicais incluem uma reverberação de média a intensa, intencionalmente. Podemos não ser totalmente conscientes disto, mas a percepção da reverberação do espaço em que nos encontramos está repleta de informação. Por exemplo, um espaço com mais reverberação é percebido de forma mais ampla que este mesmo espaço com uma reverberação menor. Se a música inclui uma reverberação artificial, propositalmente maior que a do teatro onde a performance é realizada, ela introduz uma sensação espacial que contrasta com o espaço físico do teatro sem música. A música provoca uma alteração na percepção do espaço, intensificando a virtualidade realizada pela música e contrastando com o espaço sem música na sua forma mais desnuda, quase puramente material e concreta. A reverberação, juntamente com o uso dos silêncios, se torna um potente recurso para projetar de forma mais intensa a tensão entre sentido e suporte, o fundamento da intersemiose que, também neste aspecto, cria um frutífero diálogo com o texto de Gertrude.

Considerações finais

A intersemiose pode contribuir de forma muito positiva para a criação musical. No caso concreto da obra *5INCO*, criada para o espetáculo *5.sobre.o.mesmo*, sua relação com o texto *Orta or One Dancing*, de Gertrude Stein, esteve centrada na tensão entre sentido e suporte, que considero fundamental nesta criação de Gertrude. Neste capítulo, expliquei de que forma esta tensão é o eixo central que guia a composição musical determinando sua forma modular, a natureza dos materiais sonoros utilizados, a estratégica construção dos segmentos, e até mesmo a maneira como esta tensão entre suporte e sentido é projetada na relação da música com a dança, a iluminação e o espaço do teatro.

A intersemiose parece ser especialmente interessante quando realizada a partir de obras artísticas, já que elas são, desde o início, criações com um projeto poético detectável, delimitado contextual e historicamente. No entanto, é pertinente considerar que a intersemiose possa ser realizada partindo de fenômenos não artísticos. Mas, seja qual for o ponto de partida, o fundamental é constatar que não há uma resposta única que nos leve a definir qual é o eixo fundamental que define uma intersemiose. O eixo que fundamenta a relação intersemiótica não é algo dado, mas uma invenção. Esta invenção não é, no entanto, arbitrária. Ao contrário, ela deve partir de um fundamento detectável na obra de partida, e deve estar refletida de forma profunda na obra criada a partir da intersemiose. Portanto, a criação começa já no próprio estabelecimento de qual será o fundamento da relação intersemiótica em certo projeto artístico, e isto é extremamente frutífero já que expande o campo da especulação artística de forma notável para fora do domínio ao qual se aplica normalmente. Tal como pode ser observado em diferentes tópicos deste texto, o campo da especulação criativa transcende o tradicional campo da especulação musical tornando-o mais amplo, e como decorrência desta ampliação um conjunto de outros conceitos, procedimentos e sensações entram em cena, enriquecendo de forma significativa a especulação envolvida na criação musical. Assim, a invenção do fundamento que define uma relação intersemiótica pode se tornar uma poderosa ferramenta para a invenção de novas e originais formas de pensar nosso próprio campo artístico, tornando possível entrar em campos especulativos até então desconhecidos.

Para mim, foi uma grande oportunidade participar do projeto *5.sobre.o.mesmo*, um projeto ambicioso, muito especulativo e original, que possibilitou realizar uma grande experimentação musical com desafios criativos inegavelmente estimulantes. Esta experiência e seus resultados, que sintetizo neste texto, tornam possível trazer algo novo ao campo da criação artística, estimulando a criação de outros fundamentos para relacionar campos artísticos diferentes, regenerando formas e fórmulas de empregar a música em diferentes tipos de espetáculo, e tornando também possível alcançar outros tipos de público em espaços diversos e alternativos para a criação artística. Em diferentes sentidos esta foi uma experiência muito positiva, cujos resultados são, agora, parte integrante de minhas especulações criativas e minha trajetória como artista.

REFERÊNCIAS

AGUIAR, Daniella; CORREIA, Adriano Mattos; ZAMPRONHA, Edson; QUEIROZ, João. "Sobre a tradução intersemiótica de Gertrude Stein". *Cena*, v. 15. Disponível em: <http://seer.ufrgs.br/index.php/cena/article/view/45837, acesso em 12/09/2017>.

ATKIN, Albert. *Peirce*. Abingdon: Routledge, 2016.

BERGMAN, Mats; QUEIROZ, João. (eds.). *The Commens Encyclopedia – The Digital Encyclopedia of Peirce Studies* (New Edition), 2014.

BOUSSEUR, Jean-Ives; BOUSSEUR, Dominique. *Révolutions musicales – la musique contemporaine depuis 1945*. Paris: Minerve, 1999.

CAMPOS, Haroldo de. *Metalinguagem e outras metas: ensaios de teoria e crítica literária*. São Paulo: Perspectiva, 2010.

______. *A arte no horizonte do provável, e outros ensaios*. São Paulo: Perspectiva, 1969.

MARTÍNEZ, José Luiz. "Icons in music: a peircean rationale". *Semiótica*, v. 110,1/2, 1996, pp. 57-86.

PRITCHETT, James. *The music of John Cage*. Cambridge: Cambridge University, 1993.

SAUSSURE, Ferdinand de. *Curso de linguística geral*. São Paulo: Cultrix, 1993.

STEIN, Gertrude. "Orta or One Dancing". In: Ulla E. Dydo (ed.), *A Stein Reader – Gertrude Stein*. Evanston: Northwestern University Press, 1993, p. 120-136.

TARASTI, Eero. *A theory of musical semiotics*. Bloomington, Indiana, 1994.

______. *Signs of Music: A Guide to Musical Semiotics*. Berlin & New York: Mouton de Gruyter, 2002.

ZAMPRONHA, Edson. "Arte e cultura: música e semiótica". In: Sekeff, Maria de Lourdes (org.), *Arte e Cultura: Estudos Interdisciplinares*. São Paulo: Annablume, 2002.

______. "Música e Inteligibilidad". *Brocar 37*, 2013, p. 247-262. Disponível em: <*http://dialnet.unirioja.es/descarga/articulo/4518944.pdf*>, acesso em 12/09/2017.

Abraão Abulafia visita o Papa: Fragmento de uma Ópera steiniana

Jerome Rothenberg

para Charlie Morrow

[Início de uma ópera concebida & planejada com o compositor Charlie Morrow, mas não concluída para além das duas primeiras cenas e nem produzida. O Abulafia *selbst* (1240 - c.1291), foi um grande místico & mestre de um tipo de meditação que, muitas vezes, tomou forma de uma espécie de letrismo místico. Em 1280, em resposta a um sonho ou visão, ele partiu para Roma para converter o Papa (Nicolau III) & para se autoproclamar o messias judeu. Ameaçado de execução, ele foi levado à prisão, mas acabou sendo salvo pela morte súbita do próprio Papa.]

CENA UM. ANO DE 1280. NA ESTRADA PARA ROMA. UMA CONGREGAÇÃO DE JUDEUS COM ABRAÃO ABULÁFIA AO CENTRO. ENCONTRAM O REI DA ITÁLIA & SE APRESSAM, ANSIOSOS PARA ENFRENTAR & CONVERTER O PAPA.

Coro

Judeus numa roda.
Judeus na montanha-russa.
Judeus que cantam numa roda.
Eles são & cantam sobre tudo.
Velhos judeus que fazem o que fazem eles cantam & andam na montanha-russa eles cantam numa roda & também os jovens judeus que se movem em uns & em dois eles rumam para o céu & sobre o céu eles

avançam na Itália sobre o céu & no céu judeus na montanha-russa sim que andam sobre a Itália num passeio para o céu.

Primeiro judeu
[rosto escuro & baforando um charuto]
Sou judeu sou bem judeu & vim pra Itália pra cruzar o céu & ser soturno oh sim soturno sim soturno sim.

Segundo judeu
[um pirata com um anel de ouro na orelha]
Sobre o céu numa montanha-russa eu também que sou judeu & que digo acabe comigo & sacudo minhas bases docemente sim doce minhas doces bases judias.

Terceiro judeu
[um índio com um cocar de penas, com machadinha & tudo]
Sim sim eu vim toda via até a Itália pra ser um judeu como você oh como você sim como você eu ando na montanha-russa sobre o céu.

Quarto judeu
[majestosamente vestido ele está vestido como a estátua da liberdade numa longa túnica & com uma tocha acesa]
Deixei a terra dourada & tenho uma tocha na mão na minha valiosa mão judaica eu também vim para me assentar na Itália & percorrer o céu como você.

Quinto judeu
[com uma máscara de lobo & um cajado de pastor na mão]
Não sou judeu se eu não sou judeu quem sou eu, mas se um animal pode ser um judeu também sou eu.

Sexto judeu
[com roupas de árabe ou talvez de um patriarca judeu]
Sou um genuíno judeu certo & soturno & digo *barakh hu* a todos que vejo na Itália & aqui.

Sétimo judeu
[em traje militar com medalhas no peito & cocar na cabeça]
Um judeu que diz um dois & dois conhece um & dois & pode fazer o que quer que eu faça, pode andar na montanha-russa & dançar sim um judeu pode dançar também antecipando uma montanha-russa.

Oitavo judeu
[uma bicha]
Um judeu como eu na Itália é um judeu & é uma bicha também como eu sim qualquer um que vem à Itália pode ser um judeu & pode andar na montanha-russa no céu & assim sou certo & soturno.

Nono judeu
[esférico & redondo ele rola pelo chão]
Não sei dizer *barakh hu* & ainda assim sou judeu no entanto & isso é fato.

Décimo judeu
[Abulafia]
Mas Abulafia que é judeu é diferente também. É o primeiro a cantar & a chegar na Itália. É o primeiro a encontrar o rei o vero rei italiano & o primeiro a ver o Papa como eu faço. O primeiro na guerra o primeiro na paz & o primeiro nos corações de seus patrícios.

[O verdadeiro rei italiano surge está vestido como George Washington & anda de bicicleta.]

Coro & judeus
[cantando]
Ele é Rei.
Ele vale.
Ele é Rei.
Ele releva.
Ele é Rei
Ele é Rei.
Ele assiste às bodas.

Ele é Rei.
Ele assiste à decisão.
Ele assiste.
Ele assiste.
Ele dança.
Assistimos.
Ele é Rei.
Sugamos.
Os herdeiros dançam.
Ele vale.
Ele é Rei.
Assistimos às bodas.
Ele é Rei.
Ele é Rei.
Ele releva.

Abulafia
Essa é uma cena.

Rei
Num jardim.

Abulafia
Na Itália.

Rei
Qual é seu nome.

Abulafia
Abulafia.

Rei
Você transpôs um longo caminho. Qual é seu nome, eu rogo, eu rogo.

Abulafia
Meu nome está sepulto num chapéu.
[Olha pro chapéu.]
Sim, é Abulafia. Vejo. É Abraão Abulafia.

Rei
Sei & sente-se ao meu lado.

Abulafia
Sim. Agradeço & sento-me.

Rei
Sou um rei.

Abulafia
Vejo que sim & lhe agradeço também.

Rei
Mas sou um rei oculto embora seja bem real.

Abulafia
Não se esqueça do detálie quando é.

Rei
Não mas me esqueço do mundo em partes & peças.

[Abulafia lê um livro.]

Rei
Lerá você um livro para mim.

Abulafia
Obrigado, eu rogo & rogo. Lerei um livro pra você.

Rei
Comece aqui

Abulafia
Sim aqui.

[Ele começa a ler em voz alta. Os outros judeus o circundam.]

Abulafia
Aqui é aqui agora & aqui é aqui agora & aqui é aqui agora. E aqui. Ele sim & canta ele entre as cortinas. Sim se diz. Uma tropa de corcéis atravessa seu salão & circula. Numa roda. Como se chama seu livro. Se chama o Livro de Testemunho. Veja. O pequeno y é onde seu nome está. É aqui & aqui. Oh sim grita Abulafia & o faz uma vez. Uma vez aqui & um aqui. Um é chamado de um rei & dois é chamado de rei do rei & três é chamado de rei do rei uma vez. Quatro é o quarto & sai para uma porta. Ele abre para iniciar uma porta. E cinco. Cinco está numa mão & é uma tropa de corcéis. Seis são judeus e isso é claro. Sete é uma proposição. Oito é também nove. E novamente Abulafia é dez & sai por uma porta.

[Ele passa o livro para o primeiro judeu.]

Primeiro judeu
Ele sai por uma porta. Aqui é Barcelona, onde a viagem começa.

Segundo judeu
Começar é agradável. Capri é rica com peixes & goyim. Se você sabe fazer milhas com um lápis os outros acharão o caminho.

Terceiro e quarto judeus
Quando eles dizem eles dizem. Quando um mês está longe eles dizem o mês cortês.

Quinto judeu
Judeus beijam judeus. Um mês cortês. Ele está na rota de Roma.

Sexto judeu
Dois judeus estão a caminho de Roma. Um está feliz & um usa sapatos de golfe. O outro está desesperado.

Sétimo judeu
Um rei um jardim & um violino. O porta diante do Papa se abre para uma porta. Uma porta oscila fechada tão triste tristemente.

Oitavo judeu
Dois judeus com sapatos de golfe. Dois judeus com chapéu de papel. Meu chapéu é lançado. Ver o rei primeiro é estar com beijos.

Nono judeu
Dois judeus em prantos. Um curva-se diante de você. Um é o responsável pelo outro. O Messias é o que é chamado de Messias.

Abulafia
Agora Abulafia põe o livro de lado. Ele é todo sorrisos. O Rei está encantado com ele & os judeus são irreversíveis. Abulafia recua. Sua perna direita sente o skate ainda no lugar. Toque um sino de borracha pra mim. Ele toca. A casa na Itália leva a uma montanha-russa no céu. Um judeu acende um charuto & sente uma leve fraqueza. Deixei o rei espreitar por meus óculos. Veja oh sim vejo. Um judeu sábio mija numa banheira. Esfrega os marfins com limões, então desce. Dança Um: O Rei no Limbo. Faz uma pose. Repousa. Revela. Expoem. Um judeu esbelto brande um sapato. Dança Dois: O rei está falando com seu telefone. Onde está o Papa está ele em Roma claro que o Papa estaria em Roma. E o Messias. Diga oh diga está o Messias no jardim no qual ele caiu.

Rei & Abulafia
Sim ele está aqui oh sim sim ele está aqui & aqui diante de um jardim.

CENA DOIS: O CAMINHO DAS SOMBRAS MISTERIOSAS: ABULÁFIA É MANTIDO PRISIONEIRO NA REDE DO AMOR.

[Entram três mulheres que são três mulheres apaixonadas. Elas cantam.]

Três mulheres apaixonadas
somos
estamos apaixonadas por um rei judeu.
Então estamos & cantamos.

Três mulheres apaixonadas
somos
& assim cantamos cantamos
sob a lua.

(A lua, a lua,
& oh o rei judeu.)

Três mulheres apaixonadas
somos.
E esperamos onde morre uma velha lua
nos olhos do velho rei.

Cantamos & esperamos.
E a noite envelhece
onde esperamos.
Onde esperamos com a lua.

(A lua, a lua,
& oh o rei judeu.)

[Abulafia aparece no céu acima deles. Seus cachos são longos & caem sobre os ombros. Na mão direita ele segura um guarda-chuva azul & branco.]

Primeira Mulher
[não mais cantando; falando]
Ao longo da estrada ou nalgum lugar nalgum lugar ao longo da estrada ele vem. E de onde ele vem sim eu posso detectá-lo.

Segunda Mulher
E agora assistimos veja como o pé dele pisa o chão.

Terceira Mulher
Veja como seu outro pé procura o caminho que o primeiro pé trilhou.

Segunda Mulher
Quando Abulafia torna-se um viajante na terra nós circundamos -

Primeira Mulher
E o levamos nessa rede.

[Uma rede cai & cobre Abulafia.]

Terceira Mulher
E o prendemos.
Segunda Mulher
Oh amor é vegetal & amor é cego.

As três juntas
E assim dizemos.

Abulafia
[coberto pela rede ele toca toda a sua superfície, como se testando as paredes estreitas & o teto de uma cela. Quando fala ele canta.]
Ao amor de malmequeres o judeu vem & vai, oh ele vai & doce, organizado como o papel em que lê vê as letras flutuarem com amor, doce amor doces bênçãos do casamento. Quando ele beija o amor o judeu começa com amor, & quando peca o amor vence-o para o lado dela. A noiva apaixonada & oh estar apaixonado & estar ao lado.

[Então falando.]
É só isso ou isso que me mantém disso que adia o salto através das árvores em direção à casa a casa profunda & o círculo em que o messias canta & é fato.
[Lento, muito lento.]
Eu tinha a intenção de fazer o que devo fazer & aqui o amor me mantém de fato.

[Os outros judeus aparecem. O rei italiano, agora também judeu, está com eles]

Os Judeus & o Rei
[como um coro, enquanto as mulheres erguem Abulafia acima delas na rede de amor.]
Amanhã.
Um.
Amanhã.

Um por um.
Surpresas.
Luz.
Sem nenhuma luz.
Sem surpresas.
Pra confundir um gosto
& abri-lo.
Um.
Surpreender
com queijo.
Deleitar.
Um.
Perfeito em entendimento.
A menina tem sua forma.
Perfeito pra variar.
É real.
É passado.
Um feriado por toda parte.

Enviar colares.

As três mulheres
[balançando ao redor da rede de Abulafia em cordas que pendem do céu.]
Será que apitam pro trabalho.
Será que apitam pra um casamento.
Será que apitam pra uma barba.
Será que apitam pra apitos.
Será que apitam pra banheiras.

Primeira Mulher
E quando.

As Três Mulheres
Será que fingem assobiar.
Será que fingem transpirar.
Será que fingem desjejum.
Será que fingem joias & peles.

Segunda Mulher
Serão os primeiros
ou não serão.

Terceira Mulher
Ou retornarão para serem os primeiros.
Primeira Mulher
Ou retornarão amor.

Segunda Mulher
Ou amarão & voltarão atrás.

Terceira Mulher
Ou se expressarão com muita freqüência.

Primeira Mulher
Isso é o que eu acho.

Segunda Mulher
Eu não ofereço uma mão mas é oferecida.

Terceira Mulher
Eu não espero pelo mar por decreto nem por título.

Primeira Mulher
Me empenho muito pra ser melhor sabendo de seus desejos.

As Três Mulheres
Preferimos ser primeiro.

Tradução de Luci Collin

Gertrude Stein e a melodia de timbres

Augusto de Campos

Na literatura anglo-americana de vanguarda, onde se inscrevem como pontas-de-lança os nomes de James Joyce, Ezra Pound e E.E.Cummings, uma figura existe cuja importância até hoje não foi bem definida e avaliada: Gertrude Stein.

E, realmente, não é fácil aferir com segurança o valor da contribuição da escritora norte-americana, que jaz envolvida por uma aura equívoca de exotismo, com muito de genialidade e outro tanto de eminência parda.

Não que paire qualquer dúvida quanto ao caráter revolucionário de sua obra. Nela estão bem a mostra os traços daquela rebeldia que manifestam os artistas inovadores contra os cânones e burocracias da sensibilidade. Mas é que enquanto em Joyce, Pound ou Cummings a revolução literária se apresenta sempre cristalizada sob o signo do rigor compositivo, a obra de Gertrude Stein se ressente, geralmente, de uma certa entropia ou desordem formal, presa fácil da arbitrariedade, que entra em conflito com o valor de suas inovações.

Isso jamais acontece com Pound, "il miglior fabro", artesão por excelência e defensor de uma poesia funcional ("use no superfluous word, no adjective which does not reveal something ... go in fear of abstractions ..."). Tampouco sucede com Joyce, que, não obstante toda complexidade do estilo camuflado e probabilístico do *Finnegans Wake*, pretendia poder justificar cada sílaba de seu romance: "em meio a um mar de incertezas, de uma coisa podemos estar certos: não há sílabas sem sentido em Joyce", advertem Joseph Campbell e H.M. Robinson por (Campbell & Robinson, 1944: 293). É o próprio Cummings, ultra-individualista, cujos poemas podem dar a primeira vista, uma impressão de anarquia, jamais abdicou de um *ostinado rigore* de composição; ainda que servindo, muitas vezes, a recursos mais expressionistas do que funcionais, aquela típica *tortografia* de seus poemas, inimiga da ortografia tradicional — *mortografia* — visa a efeitos específicos e atende a uma organização tipológica que chega a requintes de precisão artesanal: joelheira tipográfica.

Essa diferença básica talvez explique por que Hugh Kenner, numa aplicação pessoal da escala de valores Poundiana ("inventores", "mestres", "diluidores", "seguidores do estilo da época", "belles letres" e "lançadores de manias"), tenha catalogado Gertrude Stein, com alguma injustiça na categoria dos "lançadores de manias", ao passo que Pound e Joyce desfrutariam, respectivamente, das classes privilegiadas do "inventor" e do "mestre" (Kenner, 1951: 28-29).

A nosso ver, a característica tendência entrópica que subsiste nas obras de Gertrude Stein, e cria uma compreensiva barreira de desconfiança em torno dela, não chega a abalar fundamentalmente o saldo positivo de conquistas que apresenta a escritora. Sob diversos aspectos, que talvez fugissem ao âmbito do estudo de Kenner, então totalmente imerso no cosmos poundiano, Gertrude Stein merece ser colocada ao lado dos "inventores" literários. E este não é um problema de mera etiquetagem, mas uma questão de discernimento que deve interessar vivamente os escritores novos, pois que são os "inventores" os pontos-eventos onde se há-de encontrar o "nutrimento de impulso" para novas expansões criadoras.

Faça-se, ainda, a favor de Gertrude, uma distinção necessária: as reações de automatismo, que são o fulero do sentido de dispersão estrutural em suas obras, não procedem de um "parti pris" conteudista — como é o caso do surrealismo. Elas são orientadas por um vetor formal, ou antes formalista: uma espécie de busca obcecada de uma linguagem nova, elementar e sonora, pesquisa que as vezes se sobrepõem a tudo o mais, minimizando o relevo da "mensagem", e fazendo que o detalhe sobrepuje a estrutura do conjunto.

A linguista Margarete Schlauch, em seu livro *The Gift of Language*, 1955, no capítulo "Language and poetic creation", chama a atenção para um processo de "rejuvenescimento semântico" posto em prática por G. Stein: o uso de termos concretos em lugar de abstratos. Observa, a propósito: “Gertrude Stein sacrifica mais do que muitos escritores estão dispostos a sacrificar, com o objetivo de ganhar em qualidade musical e imediatidade. Muitos polissílabos são descartados em seu esforço de atingir uma *concreção*. Seu vocabulário conscientemente primitivista — uma coisa muito diferente, de resto, de um vocabulário primitivo! — é um perpétuo desafio ao leitor para criar ao vivo, dos monossílabos em jogo, as objetivadas abstrações” (Schlauch, 1955: 240).

Umas das conquistas estilísticas mais sérias de Gertrude Stein é o emprego da *repetição*. É verdade que, nas mãos da escritora, este expediente pode-se converter, facilmente, de uso em abuso. I. é: Gertrude manipula o recurso até o seu esgotamento, e, inúmeras vezes, ultrapassa essa fronteira de fadiga, penetrando numa zona de “vácuo”, onde a *repetição*, por óbvia, acaba produzindo como que uma atonia receptiva no leitor.

Mas talvez nenhum outro escritor tenha, até então, antevisto como ela as possibilidades de “rejuvenescer a linguagem” com tão escassos ingredientes: meia dúzia de palavras simples, repetidas e repisadas, sem cessar.

Os abusos desse processo steiniano encontram o seu corretivo num poeta como Eugen Gomringer, cujas *Konstellationen* (1953) oferecem alguns exemplos de medida exata (nenhuma palavra a mais ou a menos) da repetição, propiciados por uma rigorosa e quase-matemática “técnica combinatória”:

baum
baum kind

kind
kind hund

hund
hund haus

haus
haus baum

baum kind hund haus

(Chave vocabular do texto alemão: baum=árvore, kind= criança, hund = cachorro, haus = casa)

É inegável, porém, que a técnica composicional de Gomringer muito deve a de Gertrude.

O gosto pelos monossílabos, por exemplo, já entrara, marcadamente, nas cogitações da escritora. Em *Everybody's Autobiography* escrevia G. Stein: "Eu venho pretendendo escrever todo um livro sobre palavras de uma sílaba. Numa peça que acabo de escrever, *Listen to Me*, continuo pensando em palavras de uma sílaba e alguns vivem com palavras de três letras e outros vivem com palavras de quatro letras. Na peça *Madame Récamier* eu o fiz e isso dá um poema muito bom" (Vechten, 1949: xviii).

A peça *Listen to Me* contém uma importante petição de princípios que poderia ser assim traduzida:

> Eu direi em palavras de uma sílaba tudo o que há para dizer
> Não muito bom mas tão bem.
> E assim não houve pano
> Pano é uma palavra de duas sílabas

Ao contrário do que ocorre com Cummings, cujos poemas tende a ser predominantemente visuais, o efeito primordial dos texto steinianos é o sonoro. Note-se que Gertrude Stein se preocupa com os monossílabos, vale dizer, a unidade acústica, e não com o número de letras. Ou seja, as palavras são escolhidas menos pela semelhança visual do que pela homogeneidade sonora, criada a base de fonemas monossilábicos. Esse sentido do efeito acústico das palavras explica, em grande parte, a predileção da escritora pelo teatro. *Four Saints in Three Acts* é o nome da mais famosa das peças de Gertrude (ver abaixo).

Nela está, no título, palavras de quatro, seis, duas, cinco e quatro letras, mas todas de uma só sílaba. É significativo que a própria palavra "ato", em ingles, seja um monossílabo. *Act* é a palavra-chave, a célula da concepção teatral Steineana: ela é simultaneamente enredo e personagem, tempo e espaço unificados, e a própria substância das peças.

Muito haveria que falar sobre o "teatro" de Gertrude Stein, praticamente desconhecido no Brasil e no mundo, e, de resto, mal conhecido nos próprios EUA. Acentue-se, desde logo, que talvez o "teatro" de G. Stein funcione mais como verbalização poética do que como teatro propriamente dito. Não é teatro de ideias nem de personagens. É teatro de palavras.

A peça *Four Saints in Three Acts* ostenta este especial subtitulo: "an opera to be, sung" (uma ópera para ser cantada). Aliás, a própria Gertrude divide suas obras teatrais em "óperas e peças", e, assim, *Operas & Plays* e *Last Operas & Plays* se denominam os volumes que reunem a totalidade de suas peças. Não há, na verdade, a não ser no caso da peça participante *Yes is for a Very Young Man*, características que permitam distinguir estatisticamente uma "peça" de uma "opera" de G. Stein. E o termo "opera" — diga-se de passagem — soa bem anacrônico em face da contundência revolucionária dos textos. *Capital, Capitais* (1917), *Four Saints in Three Acts* (1927), e *The Mother of Us All* (1946) foram todas musicadas por Virgil Thomson, que se preocupou em particular com os problemas de articulação suscitados pelos textos, buscando, como define Juan Calos Paz, "uma exata conexão entre a sonoridade musica e as inovações linguísticas da genial escritora norte-americana" (Paz, 1952: 109-110).

O efeito auditivo das peças-óperas de G. Stein chega a ser, algumas vezes, impressionante. O uso dominante de monossílabos cria verdadeiros blocos de moléculas sonoras. Certos trechos parecem mais a "découpage" de uma partitura, onde a miúda permutação de palavras-sílabas entre personagens induz a uma autêntica "Klangfarbenmelodie", uma melodia de timbres, como em música foi concebida por Arnold Schoenberg e posta em prática por Anton Webern, o "limiar" da música nova.

Vejam-se (ou antes ouçam-se) dois exemplos, extraídos de *Four Saints in Three Acts* (1927) e *Listen to Me* (1938), que aqui apresentamos, numa tentativa de adaptação para o português.

De QUATRO SANTOS EM TRÊS ATOS:
Cena X
Se.

Santa Teresa. Poderiam ser Quatro Atos se quatro atos pudessem ser dez Santa Teresa. Santa Teresa Santa Teresa Quatro Atos poderiam ser quatro atos poderiam ser se se quatro atos pudessem ser dez.

Santa Teresa. Se.
São Fudamento. Quer.
Santa Genoveva. Se.

Santa Cecília. Quer.
Santo Inacio. Quer.
Santo Inacio. Se.
Santo Inacio. São.
Santo Inacio. Dez.
Santo Inacio. Quer.
Santa Teresa. Se.
São Chavez. Dez.
São Piano. Quer se.
São Fundamento. Quer.
Sant'ana. Quer.
Santa Genoveva. Dez.
Santa Cecilia. Quer.
Santa Resposta. Dez.
Santa Cecilia. Se quer.
Sant'ana.
Santa Resposta. Santos se.
São Chavez. Santos se dez.
Santa Cecilia. Dez.
Santa Resposta. Dez.
São Chavez. Dez.
São Fundamento. Dez.
São Piano. Dez.
Sant'ana. Dez.

São Piano. Dez.
São Piano. Dez.
São Piano. Dez.

De ESCUTE AQUI:

Quarto Ato. E o que é o ar.
Quarto Ato. O ar é lá.
Quarto Ato. O ar é lá no que há no ar.

Por gentileza observem que tudo é de uma sílaba e pois útil. Não produz sentimento, contém uma promessa, é um prazer, não necessita de estímulo, é só.

Quarto Ato. O ar é só.
Quarto Ato. Sim o ar é só.
Quarto Ato. Só de que.
Quarto Ato. O ar é só de ar.
Quarto Ato. Sim o ar é só de ar.
Quarto Ato. Sim
Quarto Ato. O ar
Quarto Ato. É só
Quarto Ato. De ar.

REFERÊNCIAS

CAMPBELL, J.; ROBINSON, H.M. 1944. *A Skeleton Key to Finnegans Wake*. New York: Harcourt Brace and Co.

KENNER, H. 1951. *The Poetry of Ezra Pound*. Londres: Faber & Faber.

PAZ, J. C. 1952. *La Musica en los Estados Unidos*. Mexico: Breviarios del Fondo de Cultura Económica.

SCHLAUCH, M. 1955. *The Gift of Language*. New York: Dover Publications Inc.

VECHTEN, C. V. 1949. *Last Operas and Plays*. New York: Rinehart & Co. Inc.

SOBRE OS AUTORES

Daniella Aguiar é professora do bacharelado em Dança e do mestrado em Artes Cênicas do Instituto de Artes, Universidade Federal de Uberlândia, onde coordena o Grupo de Pesquisa em Dança e Intermidialidade. Desenvolve pesquisa artística e teórica em tradução intersemiótica e intermidialidade, desde 2007, com foco nas relações criativas entre dança e outras artes (literatura, música, mídias locativas). No doutorado em Literatura Comparada (UERJ) desenvolveu pesquisa sobre traduções da obra de Gertrude Stein para dança contemporânea. Também se interessa pelos temas de "criação em dança" e "relação técnica-criação", a partir da perspectiva da "cognição distribuída".

Luci Collin é graduada no Curso Superior de Piano, em Letras Português/Inglês e no Curso Superior de Percussão Clássica. Concluiu o Doutorado em Estudos Linguísticos e Literários em Inglês na USP (2003), com tese sobre os retratos literários de Gertrude Stein, e cumpriu dois estágios de pós-doutorado na USP (2010, 2017). Desde 1999 leciona Literaturas de Língua Inglesa e Tradução Literária na UFPR. Como poeta e ficcionista tem 18 livros publicados; também é autora, com Rodolfo Coelho de Souza, do libreto da ópera "A máquina de Pascal em Pernaguá". Já traduziu Gertrude Stein, E. E. Cummings, Gary Snyder, Jerome Rothenberg, Vachel Lindsay, Eiléan Ní Chuilleanáin e Moya Cannon, entre outros.

João Queiroz é professor do Instituto de Artes e Design (IAD) da Universidade Federal de Juiz de Fora (UFJF). É autor e editor de diversos livros e 'special issues', entre os quais *Lógica Diagramática de C.S.Peirce* (2013), *Diagrammatical Reasoning and Peircean Logic Representations* (2011), *Genes, Information, Semiosis* (2009), *Artificial Cognition*

Systems (2005), *Semiotics and Intelligent Systems Development* (2005) e *Semiose Segundo Peirce* (2004). É co-editor do projeto Commens - Digital Companion of C.S.Peirce (Creative Commons, 2014). É membro do International Association for Cognitive Semiotics (IACS), pesquisador associado ao Centro de Estudos de Intermedialidade e Multimodalidade, Linnaeus University (Suécia), e ao Departamento de Linguística da Universidade Free State (África do Sul). Suas principais áreas de pesquisa incluem: Semiótica Cognitiva, filosofia de C.S. Peirce, Intermidialidade.
http://www.semiotics.pro.br/

Marjorie Perloff leciona cursos e escreve sobre poética e pocsia do século XX e XXI, anglo-americanas, sob uma perspectiva comparatista e intermediática. É professora emérita na Universidade de Stanford e na Universidade de Southern California. É membro eleita da Academia Americana de Artes e Ciências e da Sociedade Filosófica Americana.
https://english.stanford.edu/people/marjorie-perloff

Isabelle Alfandary leciona literaturas anglo-saxã e norte-americana na Université Sorbonne Nouvelle.
http://www.univ-paris3.fr/alfandary-isabelle-230363.kjsp

Dirce Waltrick do Amarante é professora do Curso de Artes Cênicas da Universidade Federal de Santa Catarina (UFSC). Co-organizou e cotraduziu com Luci Collin a antologia de peças de Gertrude Stein *O que você está olhando* (Iluminuras, 2014) e o livro infanto-juvenil *Para fazer: um livro de alfabetos e aniversários* (Iluminuras, 2017); organizou e traduziu *Viagem numa peneira* (2011), uma coletânea de textos em prosa e verso de Edward Lear; traduziu *Conto de Ionesco para crianças* (Martins Editora, 2008).

Tania Ørum é pesquisadora e professora associada no Departamento de Artes e Estudos Culturais da Universidade de Copenhagen.
http://artsandculturalstudies.ku.dk/staff/?pure=en/persons/83302

Edson Zampronha é professor na Universidade de Oviedo, Espanha. É doutor em Comunicação e Semiótica-Artes pela PUC-SP. É autor do livro *Notação, Representação e Composição*. Recebeu dois prêmios da Associação Paulista de Críticos de Arte e foi vencedor do 6º Prêmio Sergio Motta com a instalação "Atrator Poético" realizada com o Grupo SCIArts. Tem recebido encomendas de obras de instituições como o Museum für Angewandte Kunst (Colônia, Alemanha) e da Fundação da Orquestra Sinfônica do Estado de São Paulo – OSESP (São Paulo, Brasil). Três CDs foram lançados exclusivamente dedicados à sua obra ("Modelagens", "Sensibile" e "S'io Esca Vivo)".
www.zampronha.com

Jerome Rothenberg é performer, poeta, dramaturgo e ensaísta norte-americano (nascido em New York em 1931), tem mais de 70 livros publicados; também é editor, tradutor e antologista com mais de quatro dezenas de livros publicados. Com o poeta e ambientalista Gary Snyder, é um dos criadores e principais teóricos da "etnopoética". Em 1968 editou a antologia *Technicians of the Sacred* e, em conjunto com o poeta David Antin, passou a editar a revista *some/thing*. No início dos anos 1970, passou a editar a revista *Alcheringa*, com Dennis Tedlok, publicando a literatura oral de povos considerados primitivos. Recebeu inúmeros prêmios e foi eleito na World Academy of Poetry em 2001. Deu aulas em diversas universidades norte-americanas, sobretudo na University of California, San Diego, na qual permanece como professor emérito de Artes Visuais e de Literatura.

Augusto de Campos é poeta, ensaísta, tradutor. Um dos fundadores, com Haroldo de Campos e Décio Pignatari, do Concretismo, tem atuado em diversos sistemas e processos multimidiádicos, em colaborações com designers, artistas visuais, músicos e cientistas da computação. Sua principal produção poética acha-se reunida em *Viva Vaia* (1979), *Despoesia* (1994), *Não* (2003) e *Outro* (2015). Outras obras importantes incluem *Poemóbiles* (1974) e *Caixa Preta* (1975), que são coleções de poemas-objetos em colaboração com Júlio Plaza.
http://www2.uol.com.br/augustodecampos/home.htm

Este livro foi impresso em papel pólen 90g/m², tipologia Gandhi 11/14, no inverno de 2018.